若山牧水への旅

——ふるさとの鐘

前山光則

Maeyama Mitsunori

弦書房

〈表紙写真〉
坪谷川の夕景
（宮崎県日向市、若山牧水記念文学館提供）
〈本扉〉
旅姿の若山牧水像シルエット

目次

日光中禅寺湖畔を旅する牧水
大正11年（若山牧水記念文学館提供）

はじめに

若山牧水の作品を、歳をとってからおもしろいと思うようになってきた。高校生の時に教科書等に載っていて知った歌は、次のようなものである。

白鳥《しらとり》は哀《かな》しからずや空の青海のあをにも染まずただよふ
けふもまたこころの鉦《かね》をうち鳴《なら》しうち鳴しつつあくがれて行く
幾山河越えさり行かば寂しさの終《は》てなむ国ぞ今日も旅ゆく

このうち「白鳥は……」も「幾山河……」も牧水がまだ早稲田大学在学中、二十二、三歳の頃に詠まれている。高校時代、こういった歌に惹かれて興味を抱き、新書判の選集全五巻を買い込んでさかんに愛読したものであった。

かたはらに秋ぐさの花かたるらくほろびしものはなつかしきかな
白玉《しらたま》の歯にしみとほる秋《あき》の夜《よ》の酒はしづかに飲むべかりけれ

旅人のからだもいつか海となり五月《ごぐわつ》の雨が降るよ港に

かんがへて飲みはじめたる一合の二合の酒の夏のゆふぐれ

思えば、若山牧水は、人々から無条件に等しいかたちで愛され親しまれる歌をたくさん遺したのである。数の多さは古今の歌人たちの中では群を抜いており、牧水に匹敵する者というなら石川啄木ぐらいではなかろうか。色々の刊本に載ったり、口ずさまれたりするわけで、若山牧水を「国民的歌人」と呼んでも決して大袈裟ではないだろう。しかも、その名歌の大半をまだ二十歳代の若い頃に詠んでいるのだから、牧水は一種の天才だったと言っていい。

だが、ではこの人は歳をとってからはどんな作品を詠んだのだろうか。一般には、どうもあまり話題にされないようである。

消えやすき炭火おこすといつしかにこころねもごろになりてゐにけり

うすべにに葉はいちはやく萌えいでて咲かむとすなり山桜花

瀬瀬に立つ石のまろみをおもふかな月夜さやけき谷川の音に

湯を揉むとうたへる唄は病人《やまうど》がいのちをかけしひとすぢの唄

先生のあたまの禿もたふとけれ此処《ここ》に死なむと教ふるならめ

右の七首は大正十二年刊の歌集『山桜の歌』に収められており、作者は三十歳代の後半に入っている。もはや青春の輝きは遠のいているわけだが、その代わり生活の中から醸し出されるしっかりした境地が言い表されている。派手な印象はなくとも、しみ入ってくるものがあり、これは二十代の頃の作からは味わえないものであろう。

あるいは、昭和三年、亡くなる少し前には次のような作がある。

梅雨空の曇深きにくきやかに黒み静まり老松は立つ

酒ほしさまぎらはすとて庭に出でつ庭草をぬくこの庭草を

芹の葉の茂みがうへに登りゐてこれの小蟹はものたべてをり

「梅雨空の……」は、眼前の風景を写しただけのようでありながら、自身の立ち姿を暗に言っているような気配が感じられないだろうか。一方で「酒ほしさ……」は、大悟法利雄の『若山牧水伝』によると、牧水が亡くなった後、書斎の机に置かれたままの雑誌の裏に赤インクで記されていた歌だそうである。酒好きなのに呑めない状態に陥っているもどかしさを、短歌のかたちで走り書きしたのであったろうか。分かる、分かる、と相づちを打ちたくなる。「芹の葉の……」、この観察の細かさの裏には自然の風物への、それこそ自然な親愛感が滲んでいると思う。若い頃の名歌は胸いっぱいの哀しみやなにごとかへの「あくがれ」等、感受性の全的な発露があって見事であり、言うなれば格好良い。それに比べて右の三首は、満四十二、三歳の時の作ということになるが、天才的な派手さ若さの切実さは影を潜めてしまい、地味な詠みっぷりである。しかし、何と言おうか、しみじみと心に沁み入るではないか。だから、読み味わいながらしきりに「牧水の歌は才能や技術だけでない。ハートがあるなあ」などと呟いてみたくなる。
それから、牧水の故郷を詠んだ歌がまた心惹かれる。

ふるさとの尾鈴《をすゞ》の山のかなしさよ秋もかすみのたなびきて居り
故郷《ふるさと》に帰り来りて先づ聞くはかの城山の時告ぐる鐘

「ふるさとの…」は言わずと知れた牧水の生まれ在所・宮崎県日向《ひゅうが》市東郷町坪谷《つぼや》での作であり、「故郷に帰り来たりて先づ聞く」のは高等小学校から中学校までの時期を過ごした延岡の町にある城山の鐘であった。若山牧水は十代でふるさとを離れ、遠い異郷で暮らし続けながら、ふるさとの風物や人物たちのことをいつも忘れぬ人であった。大人となってから、しょっちゅう旅をし、諸国を経《へ》巡《めぐ》ったが、旅路をずっとなぞり、旅の模様を綴ったいくつもの紀行を読んでみると、まるで自身のふるさとの面影を恋い慕うかのようにしてあちこち歩いているではないか。いや、そんなことまで触れなくとも、牧水が終生自分の生まれ育った土地を意識し続けた、という事実は、ふるさとを詠んだおびただしい数の歌がなにより証明してくれている。

母恋しかかる夕べのふるさとの桜咲くらむ山の姿よ
日向の国むら立つ山のひと山に住む母恋し秋晴《あきばれ》の日や

おもひやるかのうす青き峡《かひ》のおくにわれのうまれし朝のさびしさ
どの爺《おぢ》のかほもいづれもみななつかしみな善《よ》き父に似たる爺《おぢ》たち
痛き玉掌《て》にもてるごとしふるさとの秋の夕日の山をあふげば
壺のなかにねむれるごとしこのふるさとかなしみに壺の透きとほれかし
母をめぐりてつどふ誰彼ゆめのなかの故郷人よ寂しくあるかな

ふるさとは牧水を生み、育てたが、一方で牧水を鷲掴みにしてずっと離さなかった。牧水にとって、生まれ育った地は生涯にわたってものを感じ取り考える際の原点となる世界だったと思われる。若山牧水の故郷への強い愛着ぶりも、年齢を経て実に味わい深い詠みっぷりが見られることも、わたしは、若い時分には気づいていなかった。歳をとって読み返してみたら、初めて色濃く迫ってきた次第である。というよりも、高校時代に選集を愛読しても所詮は何にも見えていなかったのだと思う。

白状すれば、高校時代に買って愛読した全五巻の『若山牧水選集』は、その後東京へ出て夜間大学に在学していた時分に生活費に窮して全巻古本屋へ売りとばしてしまった。大切な本だとは考えていなかったのである。歳をとって、改めて全集を購入し、読み直している次第だ。今頃になって牧水を読み直し、「おもしろい」と痛感しているのは、なんだか青春時代の後始末をしているようなものである。

第一章　牧水と風土

牧水のふるさとにて

数年前に歌人・若山牧水のふるさと宮崎県日向《ひゅうが》市東郷町坪谷《つぼや》を訪れた時のことが、今、鮮やかに思い出される。日向市の町なかから十四、五キロほど山間部へ入り、耳川《みみかわ》の谷へ出ると旧東郷町の中心部である。そこからまた七キロほど耳川支流の坪谷川をさかのぼったところにある小盆地が、坪谷の村だ。四月末であった。どちらを向いても椎や楠等の若葉がみずみずしいし、どこからか蛙の声が聞こえてくる。鶯も上手にひっきりなし鳴いていた。道ばたには卯の花も咲いていたりして、なんだか春というより初夏の気配があった。牧水生家は江戸時代後期に建てられたまま村の入り口に立っており、そこから仰ぎ見る尾鈴連山はうっすらと霞がかかっていた。これは春に限るのでなく、牧水の歌に「ふるさとの尾鈴の山のかなしさよ秋もかすみのたなびきて居り」というのがあるとおり四季を通じてのことだ、と村の人が説明してくれた。

牧水祭

以来、牧水とふるさととの関わりをまとめるため頻繁に訪れた。牧水生家の川向こうには牧水公園があり、公園内に若山牧水記念文学館が建てられている他、キャンプ場がある。食堂もあって、ここの蕎麦がまたおいしい。とにかく、公園内にいるだけで気持ちが和んでくる。キャンプ場のバンガローに友人たちと泊まったことがあるが、風呂に入ったら森の香りがする。きれいな山水を沸かした湯ならではのことだ。牧水も自分の家でこのようなよい匂いの風呂に浸かっていたのだろうな、と羨ましく想像したことであった。

牧水の命日である九月十七日には、毎年、生家の裏山の歌碑の前で牧水祭が行われ、大勢の人たちが参列する。郷土が生んだ文学者を顕彰するための取り組みがちゃんとしているなあと感心していたら、そのうちに「牧水かるた」なるものがあるということを知った。牧水のたくさんの作品のうちから関係者たちの努力により百首だけ選び出して、昭和四十七年に完成したものなのだそうである。これは読み札と取り札とがあって百人一首と同じ遊び方である。小学校でも中学校でも使われてきているというから、それならば少年少女たちは夢中で遊ぶうちに理屈抜きで牧水短歌の心を学んでいくことができるわけである。

牧水の作品を刻んだ歌碑も多い。旧東郷町の中だけでも四十に近い数が存在する。それも、文字通りの石碑もあれば、坪谷川や耳川に架かる橋の親柱にも「故郷《ふるさと》の渓《たた》荒くして砂あらず岩を飛び飛び鮎は釣りにき」「あたたかき冬の朝かなうすいたの細長き舟に耳川下る」などと歌が刻まれて、これも「歌碑」である。こういうのは乗用車で通り過ぎたのではなかなか気づけない。歩いたり自転車を漕いだりしてゆっくり見てまわるとおもしろいなあ、と思った。

耳川を下って美々津《みみつ》の方へ行くとゴルフ場があるが、そこには牧水歌碑が三つある。それぞれ、「浪、浪、浪、沖に居《を》る浪、岸の浪、やよ待てわれも山降りて行かむ」「しら鳥はかなしからずやそらの青海のあをにも染まずただよふ」「ふるさとの尾鈴のやまのかなしさよ秋もかすみのたなびきてをり」と刻まれ、平成七年から九年にかけて建立されているのだが、ではなぜゴルフ場に牧水歌碑があるのか。実は、そこでプレーをする人が見事ホールインワンをやってのけた、そうしたら、快挙の嬉しさを牧水の歌碑を建てることで表わした、というのである。なんとまあ、味のあるゴルファーたちではないか。

それで、ある日、日向市の町なかの食堂でチャンポンを食べながら、六十代と見えるおかみさんに話しかけてみたのである。すると、おかみさんは、牧水は明治十八年生まれであるとか、父親も

お爺ちゃんも医者であった等、詳しい。思い切って、

「牧水の歌は、どんなのが好きですか」

と質問してみたところ、

「……そう言われても」

と困ったような表情になり、しばらくエプロンをいじりながら沈黙した。が、やがて、

「……牧水さんは、空気のような人じゃから」

苦笑いしてそれだけ言った。この一言、ドカーンと胸に来た。

おかみさんは、きっと、小さい頃から牧水の短歌に馴染んできたのである。たくさんの牧水短歌が身に沁みついているから、その中から一つだけをと問われても答えにくいのに違いなかった。空気のような人じゃから……牧水のふるさとにあって象徴的な一言だなあと感じ入り、それだけにまた愚問を発してしまった自分自身の軽率さを大いに恥じたことであった。

ふるさとの大自然の中で

若山牧水は大自然と思う存分向き合いながら育った人なのだな、と思う。生家のある場所が象徴的で、村の入り口に立地し、すぐ前に坪谷川が流れ、背面には山が迫っている。牧水の本名は、若山繁。繁少年はいつでも山や川で遊んでよかったのである。

自らの幼少年期を回想した「おもひでの記」に、「夏は渓に集るが、四季を通じて我等は山や林に親しんだ」とある。だいたい母親が山野での遊びを好んだようで、夫婦げんかをしたあとなど、気

晴らしに繁少年を連れて外へ出かけて一緒に山菜を摘んだりしたのだという。こうした親からの影響は大きいのではなかろうか。

ともかく、繁少年は、秋は椎や栗を拾ったり、通草《あけび》・山柿さらには茸《きのこ》取りを愉しむ。冬から春にかけては罠《わな》を仕掛けて山の鳥や獣を捕らえたり、蕨《わらび》・ゼンマイ等を摘む。春から夏にかけては川で鰻やイダ、ハヤを突いたり釣ったりする。このような遊びを、友達と一緒にすることも多かったが、実は一人で行う方を好んでおり、生家の裏山を越えたところにある谷川は誰にも邪魔されずに釣りすることのできる気に入りのポイントだったようである。並みの少年ではなかったのだ。

鮎釣りにかけては早くから囮《おと》り鮎を用いての「友釣り」を会得し、坪谷川で「半日数十尾を釣ることが出来た」と書いているから凄い。「鮎釣に過した夏休み」というエッセイの中では、よく父親と一緒に鮎釣りに行ったが父は下手で、「却つて子供のわたしの方がいつも多く釣つてゐた」と自慢している。

旧制延岡中学の四年生の夏休みの折には、坪谷に帰省して一週間の間、朝から夕方まで魚捕りに打ち興じてついにはとうとう発熱し、寝込む始末であった。そのことを友人・大内財三（後の平賀春郊）への手紙の中で「魚ノ死霊ガタ、ツタノカ、ソレトモ暑気ニアテラレタカ」（明治三十五年七月二十八日）と照れくさそうに報告している。これが冬になると、杖銃で鳥や獣を追っている。友釣りといい、杖銃を使っての猟——えらく大人びた少年ではないか。いや、そうでなく、大自然の中で目一杯遊ぶ内に自ずから大人たちのやることまで会得するに至った、と捉えてやればいいだろうか。若山繁は文学少年である以前に「自然児」だったのである。

年を経て文学者となってから、若山牧水はよく旅をした。海辺をも山間部をも隔てなく歩き巡って数々の秀歌や紀行文を遺したわけだが、歌も文も大自然との親和感が満ちあふれており、読んでいて心地良い。やはり、文学者としての土台のところにいつも「自然児」の魂が息づいているのではなかろうか。

それで、思うことがある。それは、牧水はまだ少年のうちから鮎の友釣りをする程に魚捕りに長《た》けて育ったわけだが、ならば「ちょんかけ釣り」もしていたのではないか、と。ちょんかけ釣りは、坪谷の村の人たちに昔から受け継がれてきた漁法である。一メートル五十センチほどの短い竿の先に鉤《はり》を仕掛け、これを手に持って、ゴーグルや箱眼鏡で水の中を探りながら巧みに鮎を引っかけて捕らえる。熟練すれば友釣りよりもはるかにたくさん鮎を捕ることができる。お年寄りに訊くと、「小学一年生の頃には、もうやっていたなあ」「年上の子たちがやり方を教えてくれたから」などと懐かしそうに語ってくれる。牧水ほどの自然児だったら、手を染めそうなものだ。

だが、「おもひでの記」等の懐古談を読んでも日記や書簡に目を通してみても、それらしい記述が出てこない。はたして、どうだったのか。先日も坪谷の牧水生家の近くで土地の人に話をうかがったが、ちょんかけ釣りについては、

「さあ、牧水はやってなかったようじゃなあ」

「上品な家に育ったから、友釣り程度で愉しんだのかな」

「ほう、いや、まさか」

若葉風を吸いながらののどかな語らいだったが、結論は出なかった。若山繁少年が小ぶりの竿を

手に坪谷の川の中を探っている姿を想像すると、こちらまで血が騒いでくるのであるが…。

牧水と「みなかみ」

若山牧水はよく旅をした人で、その模様を数多く紀行文にしてのこしているが、最も読み応えあるのは「みなかみ紀行」であろう。

これは大正十一年十月に長野県の佐久新聞社主催の短歌会に出席した後、軽井沢から群馬県へと出て、草津温泉・法師温泉・老神温泉等を経て日光へ出るという、約三週間の旅である。道中ずっと山間部を歩くことになるが、十月二十二日、牧水は「私は河の水上《みなかみ》といふものに不思議な愛着を感ずる癖を持つてゐる。一つの流に沿うて次第にそのつめまで登る。そして峠を越せば其処にまた一つの新しい水源があつて小さな瀬を作りながら流れ出してゐる、といふ風な処に出会ふと、胸の苦しくなる様な歓びを覚えるのが常であつた」と記す。一つの流れの始まる地点が好きでならぬ、と理屈抜きに恋い焦がれているのである。実際、牧水は利根川の水源の一つである片品川の谷を登り詰めていき、菅沼の奥に至って青い茂みを噴き上げてむくむくと湧き上がる水を目にした時、躍り上がって喜ぶ。ばしゃばしゃと中へ踏み込み、手が切れるくらいに冷たい水を掌に汲み、顔を洗い、腹のふくれるまで貪り飲むのである。まるで子供同然といった喜びよう、愉しみ方。「みなかみ紀行」中、最も感動的な箇所である。こうした牧水の水源志向は、やはり幼少の頃に山や川に親しむ中から培われたものなのだろうと思う。

それならば、である。牧水は、ふるさとを流れる坪谷川の水源に興味を持って分け入ったことが

耳川風景

あろう。あるいは、坪谷川から七キロほど下れば耳川という大きな川に合流するが、この耳川の水源である椎葉村にも行ってみたのではなかろうか、などと想像したくなる。しかし、牧水の書いたものや遺されたエピソードにもそのような形跡は窺えない。

多分、ふるさとにあっては川の水源よりも別なものに憧れたのだ。自伝的エッセイ「おもひでの記」で、牧水は、少年の頃、家の近くのやや高い山に登って遙か遠くに海が見えると「わけもない昂奮を子供心に起してゐた」と語っている。そして、七歳か八歳の時には母親のマキに連れられて高瀬舟で耳川を下ったのだが、河口の美々津の港に着いた時、前方に長い砂丘が横たわる。その丘を越えて向こうの方に白く煙りながら打ち上がってくるものがあるのでマキに訊ねると、「あの白いのは浪だ」との答え。少年はそれを聞いて興奮し、舟から下りると砂丘に走って行き、初めて広大な外洋とじかに相対するのである。「今まで滝や渓にのみつながってゐた水に対する私の情《こころ》はその時から更に海を加ふる事になつて来た」と牧水は述懐している。この時のことは「耳川と美々津」というエッセイでも触れており、さらにその中では美々津の船着き場あたりへの思いを「あの渡舟場の舟を待つて砂の上に佇む度ごとに私は常に鮮かに『旅』といふことを思はせられぬことはない」と語っている。四方八方を山で囲まれた中で育った牧水にとって、広々とした海がいかに憧れであったか、恋いこがれる対象であったかがよく分かる。つまり、「おもひでの記」でも「耳川と美々津」の中でも、牧水の目は河口の方へその先の海洋へと熱く向けられてはいるが、耳川上流や水源への関心は現れていない。

いや、だいたい生まれ育った坪谷の村自体が耳川からさかのぼり、支流をさらに分け入ったところに存在する。まさにみなかみの村、水源同様の地と呼んで良いのではなかろうか。そう言えば、牧水は、大正元年、帰省中に書いた近況報告風のエッセイ「曇り日の座談」の中で、「渓のことを言はなかつた。名を呼ばれたのを聞かぬが、村が坪谷だから坪谷川とも云ふのであらう」と書いている。生家の目の前を流れる川を「名を呼ばれたのを聞かぬ」、これはとぼけているのでもない。本当にそうだったのだろうと思われる。あんまり身近に過ぎて、わざわざ名づけなくてもいいくらいに馴染んだ川。単に「川で遊ぶ」「川に行く」と声を発すれば、それだけで誰にも通じていたに違いない。

そのような、耳川あたりよりもずっとみなかみで生まれ育った牧水である。「みなかみ紀行」において「私は河の水上《みなかみ》といふものに不思議な愛着を感ずる癖を持つてゐる」と述べるのは、むしろ慣れ親しんだみなかみの世界が遠くなっていたことを示しているのではなかろうか。遠くなったふるさとの面影を無意識のうちに思慕していた、と、そのような読み取り方をしてやればいいのかも知れない。

破調の短歌とふるさと

若山牧水は日向の山あいに医家の子として生まれ、豊かな大自然の中で健康に育った。牧歌的に幼少年期を過ごせた人、と言って良いだろう。しかし、大人になってからはいくつもの大きな試練にさらされて苦労を重ねた。中でも大きかったのは二十歳代に経験した大恋愛と、そして故郷との葛藤であろう。

牧水はまだ早稲田大学の学生であった明治三十九年の六月に園田小枝子という女性と出会い、彼女が人妻であり子もいることを知らぬまま恋の深みに入っていく。一時期一緒に棲み、結婚する決意も固めるのだが、やがて陰りが生じてきて煩悶の日々を過ごす。この恋愛による苦しみは約五年間続いて破局を迎えるのである。苦しみぬいた五年間、ただその間、牧水は昂揚と煩悶と悲嘆とを味わいながらも歌人として大きくなった。「幾山河越えさり行かば寂しさの終《は》てなむ国ぞ今日も旅ゆく」「山を見よ山に日は照る海を見よ海に日は照るいざ唇《くち》を君」「かたはらに秋ぐさの花かたるらくほろびしものはなつかしきかな」等、後に人々から愛唱されるような作品はおおむねこの時期に集中するのである。つまり、苦しければ苦しいほど悲恋は文学者としての栄養分になったと言える。だが、さて、故郷との葛藤はどうだったか。

牧水は小枝子との恋に破れた後、立ち直り、明治四十五年（大正元年）の五月には太田喜志子と結婚する。しかし、そのわずか二ヶ月後の七月には故郷の坪谷村から父危篤の報が届く。牧水は喜志子を彼女の実家（長野県）に戻して帰郷し、翌る年の五月まで坪谷に滞在した。しかし、なぜ年をまたいで長く滞在しなくてはならなかったのか。父・立蔵の容体はいったん小康を得たものの、十一月、脳溢血によって急死する。数え年六十八歳だった。その時点で東京に戻ろうと思えばできたはずであるが、しかし牧水は七月帰省してすぐから郷里で然るべき仕事を見つけて留まるように、と父母親族から切望されたのだという。留まるべきか、東京での生活に戻るべきか悩み苦しむこととなったのである。

大正二年刊行の歌集『みなかみ』には坪谷滞在中にできた作品が収められているわけだが、冒頭に、

ふるさとの尾鈴の山のかなしさよ秋もかすみのたなびきて居り

が出てくる。ふるさとのかなしさを澄んだ調べで詠んだ名歌である。だが、読むにつれて、「われを恨み罵りしはてに噤《つぐ》みたる母のくちもとにひとつの歯もなき」「くちぎたなく父を罵る今夜《こよひ》の姉もわれゆゑにかとこころ怯ゆる」「父と母くちをつぐみてむかひあへる姿は石のごとくさびしき」といった穏やかでない歌が現れるのである。そして、ついには、

納戸の隅に折から一挺の大鎌あり、汝《なんぢ》が意志をまぐるなといふが如くに
思ひつめてはみな石のごとく黙《つぐ》み、黒き石のごとく並ぶ、家族の争論
さうだ、あんまり自分のことばかり考へてゐた、四辺《あたり》は洞《ほらあな》のやうに暗い
朝など、何だか自分が薄い皮ででもあるやうに思はるるときがある

こうした破調、口語調のもので埋まっていく。五七五七七の整った音律も捨て、文語の優雅さにも頼らず、自分の心の波立ちを中心に据えた表出。「幾山河…」「山を見よ…」「かたはらに…」等の秀作に見られる完成度は、ここでは顧みられない。牧水が実家の内にあって周囲の声や物音の一つ一つに神経を尖らせ、そのたびに自らの思いを確かめ直している息苦しい気配が迫ってきて、読んでいるこちらの方も落ち着きをなくしてしまう。岩波文庫『若山牧水歌集』の解説で歌人の伊藤一彦氏が「いわば故郷という定型の力と闘うかのように破調の歌をうたったといってもよい」と言っているのは実に頷けるわけで、牧水は、故郷に留《とど》まるべきか、往くべきかの葛藤をするうち、定型におさまれない状態になっていた。たぶん、ほとんど歌人として文学者として潰れる寸前のところまで追いつめられていたのである。

大正二年の春になって、ようやく母・マキが息子に妥協の意を示してくれる。それでも、再び東京へ出るのは五月になってからである。自らを豊かに生育させてくれた愛すべき故郷や父母親族は、そうであるがゆえに一人の若き歌人をこのようにも苦悩させた。牧水の人と文学を読み、調べてみる中で、わたしはこの破調、口語調の数ヶ月間に最も深く人間の葛藤のドラマを見る思いであ

る。

ただ、葛藤のままで終わらないのが牧水の真骨頂ではなかろうか。故郷や父母親族との和解を徐々に果たす。そして、大正十三年、牧水は長男の旅人を伴って久しぶりに坪谷へ帰省するが、その折りに旧友らに請われて坪谷神社に奉納した歌は次の通りである。

うぶすなのわが氏神よとこしへに村のしづめとおはすこの神

格調高く詠んでおり、すでに故郷との関係も和解ができて久しいことが窺える。いや、それだけではない。「おとなりの寅おぢやんに物申す長く長く生きてお酒のみませうよ」と戯れ歌も遺しており、久々訪れた故郷の感触がずいぶんと心地よかったものと思われる。苦しんだ最中の破調短歌は、もう遠い過去の思い出となっていたろう。

牧水をとりまく詩人・歌人

若山牧水を読んだり調べたりするうちに、縁《ゆかり》のある詩人や歌人も知ることができた。

第一、日向市東郷町坪谷にある若山牧水記念文学館には、詩人・高森文夫（明治四十三年〜平成十年）を紹介する展示室も設けられているのである。高森文夫は東郷町の山陰《やまげ》に生まれ育った人で、教育畑を歩み、牧水かるた誕生等にも深く関わっている。昭和六十年から平成元年にかけては東郷町長も務めたが、若い頃、東京で学生生活を送っている。日夏耿之介に師事して詩作を始め、十八歳にして早くも詩壇にデビューするのである。中原中也と親しかったことはよく知られており、中也は高森文夫の山陰の家に三度遊びに来ている。

「逝く春をおれも花ぞと葱坊主」
狷介孤高　不遇の生涯を田舎教師で送られた
私の恩師が葱の花　お前の発句を歌はれた
爾来お前が咲く毎に私は恩師を思ひ出す

世はれうらんの春景色
艶《えん》を競つて花々が乱れ咲いてはゐるけれど
負けずに咲けよ　葱坊主
墓の中から先生がお前に声援を送られる

「葱の花」と題された詩である。他に本格的な叙情詩をいっぱい書いているのだが、これは短い詩でありながら葱坊主のような目立たぬ存在へのさりげない眼差しがあって味わい深い。気軽に、しかもいくぶんか戯れるふうな趣きのある「葱の花」、わたしは高森文夫の全作品中これが最も好きになった。

それと、東郷町やその周辺からは歌人が輩出している。小野葉桜、小野紫煙、越智渓水、甲斐善平、中野弥一郎、黒木伝松、矢野団治、甲斐千代麿、小野弘等の作品に触れて層の厚さに感心したが、彼らが若山牧水から刺激や影響を受けていたことは言うまでもない。

小野葉桜（明治十二年〜昭和十七年）は東郷町の隣り西郷村（現在の美郷町）の人である。葉桜は牧水と仲が良くて、親しく交わった。村にあって教員生活を送り、郡会議員も務めるものの、不運にも事故に遇い不自由な後半生を過ごす。この人の歌には「喃《な》う石よといひて見たくなり大いなる石を撫《な》でにけり孤独のさびしさ」「黄に膿《う》みて海より月の出でければ誰いふとなく浜に走れり」というように、生きることの哀しみや不安が漂っているのだが、それはやはり不運な境涯の反映である。

さらに、幼い頃の一時期、現在の日向市日知屋《ひちや》に生まれて、坪谷の牧水生家のすぐ近くに住んだこともある黒木伝松（明治三十三年〜昭和四十二年）、この人の遺した歌にはそそられる。

八人の子には八枚の夏衣がいる、蝉はあちらで鳴かしてくれよ
税吏うなづきゆきしあばら家《や》、しかし妻よせめて障子は白く張らうよ
教師なる黒木伝松子供らに屋根の屋の字を教ふるところ
鍛冶屋わが生活《たつき》なれどもひたごころ刃物打つ間《ま》は銭を思はず

黒木伝松の一生は波乱に富んでいる。だいたいは野鍛冶を業としたが、ひょんなことから尋常高等小学校までしか出ていないにもかかわらず代用教員となり、やがて正式教員となって、それがまた再び野鍛冶に戻る。その間、坪谷、東京、熊本県泗水《しすい》村（現在、菊池市）、鹿児島、再び泗水村と

生活の場を転々とする。八人の子を設け、洗うが如き清貧に耐えたのである。学歴の無さがコンプレックスとなり、苦しみ、酒に紛らわして泥酔することも多々あったという。

伝松の歌はそのような生々流転、困窮の日々の中から生み出され、独特の骨太な歌の詠み方はたいへん魅力的である。時には「蝉はあちらで鳴かしてくれよ」とか「しかし妻よせめて障子は白く張らうよ」と、深刻な事態が煮詰まるのでなく、フワリとガス抜きがなされていたりして、不思議としなやかである。黒木伝松はまさに短歌を創作してこそ力強く生き抜くことができた人だったのである。

第二章　若山家物語

祖父・若山健海

牧水その人のことの前に、まず牧水を育んだ若山家について辿ってみようと思う。それ自体が一つの物語だからである。

牧水は、自身の幼少年期を語ったエッセイ「おもひでの記」の中で祖父・若山健海《けんかい》についてかなり詳しく記している。ちょっと長くなってしまうが、引いてみると、

私の祖父は武蔵川越在の農家の出で、幼時より江戸に出で両国の生薬屋《きぐすりや》に奉公してゐた。そして当時肥前の平戸にシイボルトといふ和蘭の医者が来てゐるといふ事を聞き、生薬屋から自宅に帰り、更に身延山詣でと称して自宅を出で、其儘《そのまま》肥前まで行つて其処でシイボルトに仕へて多年の間医学を学んだ。當時蘭学または洋医学を修めたと云へばかなりに大したものであつたに相違

ないが、それがどうして日向の様な田舎へ引き籠つたか不思議である。当人の言ふところによると江戸に帰る途中、難船して日向の地に吹き着けられたといふのであるが、これは無論嘘である。おもふに何かさうした人に知られぬ山の中へ隠れ度いか又は隠れねばならぬ必要かがあつて引込んだものに相違ない。彼は日向に居着いてからも一度も郷里へ帰らなかつたばかりでなく、音信すら為さなかつた。が、西南の役の時、川越藩から出て來た官軍の一隊が恰度私の村へ来て泊る事になり、それで漸く郷里との消息が通ずる様になつたのださうである。西南の役と云へば私の生れる八年前で、祖父は余程の老年であつた筈である。それまで音信を絶つてゐたと云へば、兎に角余程の変人ではあつたらしいが、何か其間に深い事情のあつた事らしく思はれる。

牧水の生まれた年が、明治十八年（一八八五）である。その祖父のことなのであるから話が江戸時代に溯ってしまうのは当然だとしても、シイボルトが登場し、西南戦争までが関係して来るのだから、開化時の日本の歴史をひもといている感覚になってしまう。子供たちを相手にして、つい抑揚をつけながら「昔むかし、ある所にな…」などと語り出したくなるではないか。

牧水は祖父・健海のふるさとを「武蔵川越在」と言っているが、実は正確にはそこは川越の町からは十数キロ隔たっている。昔は「埼玉県入間郡富岡村神米金《かめがね》」だったが、今は埼玉県所沢市神米金という地名になっている。健海の生家の現在の当主・若山芳男氏の話によれば、「神米金」というのは、ずいぶん昔に「神谷《かみや》」と「久米新田《くめしんでん》」と「堀兼新田《ほりかねしんでん》」が合併して「神米金」となったので、最初は「かみこめがね」と言っていた。それが、やがて次第に訛ってきて、「かめがね」なのだそうで

祖父・健海生家

ある。生家は西武新宿線の新所沢駅で降りれば川越方面へ約三キロ程のところにあり、今も昔の雰囲気を湛えた佇まいである。神米金となる以前の言い方ではここらは「神谷」に入るそうだ。広い敷地内には欅《けやき》の巨木が何本も茂り、健海の幼少期からすでに生えていたのではないかと思われるくらいに存在感がある。古井戸が残っており、これなどは間違いなく古い昔からのものである。生家は、現在、製茶業を営んでいるとかで、そう言えばあたり一帯は住宅地とはなっているものの、まだまだあちこちに樹木や畑も多い。広々とした平野の中に位置するわけだが、そう遠くない西方には青梅《おうめ》方面の山脈が控えている。いわゆる「武蔵野」の情趣を現在も濃厚に有する一帯、と言って良い。それに、「狭山茶」というなら世間に広く知られているかと思うが、その狭山茶を産する地域である。

牧水の伝記的研究については弟子の大悟法利

雄に『若山牧水新研究』『若山牧水伝』等の仕事があり、きわめて詳しい考証をやり遂げている。この大悟法の研究に助けられながら辿るが、健海は文化八年（一八一一）二月三日に神米金の家で生まれている。鎖国状態の日本列島周辺に異国の船がちらほら姿を見せ始め、徳川幕府の土台もだいぶ揺らいでいた時期であった。

若山家は農家だが、もともとは先祖が甲州武田家の家臣だった由である。

健海は「幼時より江戸に出で両国の生薬屋に奉公」していたのでなく、初め隣家の漢方医師の家に出入りしてそこの薬局に奉公した。文政八年（一八二五）から十一年まで両国の朝川善庵という人のところで漢学を学んでいる。その後いったんはふるさとへ帰ったものの、まもなくまた家を出て九州へ渡り、文政十二年（一八二九）、福岡で亀井元鳳に入門し、漢学を修業した。天保二年（一八三一）になって長崎に入り、緒方洪庵などに師事して西洋医学を学ぶのである。ちなみにシーボルトが長崎に来たのは文政六年（一八二三）で、同十二年には帰国し、再び日本へ来るのが安政六年（一八五九）だから、健海の長崎時代とシーボルトの日本にいた時期は残念ながら重ならぬようである。

健海が日向の国の坪谷へ来るのは、天保七年（一八三六）のことである。二十五歳だったことになるが、それにしても武蔵の国に生まれ育った人がわざわざ九州へと下り、坪谷という山間部に住み着いたのである。しかも健海は、その後また長崎まで出かけて行って種痘の方法を教わって来て、嘉永三年（一八五〇）の春にはそれを宮崎で実際に行っており、極めて先駆的な医師であったことが察せられる。

牧水生家

健海が住み着いた場所がすなわち現在の牧水生家で、今は坪谷三番戸であるが、当時は一番戸だったそうである。そういう住所表記のとおり、坪谷の村の入り口に位置している。牧水が、「おもひでの記」に次のように書いている。

> つまり村の東の入口に当つてゐる。此処に新たに家を建てた事に就いても私は祖父を並ならぬ人の一つに思はざるを得ぬのである。それはその場所が付近でも際立つて優れた好位置にあるからである。或は他に理由があつたか、若しくは偶然であつたかも知れぬが、私には矢張りそれが彼に山川を見る眼があつた故だとのみ思はれてならない。

家を建てた場所について、牧水はそれ自体が祖父の眼力によるものだと考えているわけで、尊敬の度が知れよう。ともあれ健海は村の入口に居を構えて医院を営み、そして明治二十年（一八八七）に没するまでずっとここ東郷から離れなかったのである。ふるさとへ帰らぬばかりか、音信もしなかった。西南戦争の時、官軍側に属した川越藩の者が村に宿泊したのがきっかけで、ようやくふるさととの連絡が通じたというのだから、劇的な話ではないか。その官軍の者とは埼玉県入間郡大井村の堀千代吉という人で、この人は他ならぬ若山家に泊まったのだそうだ。同じ埼玉県の入間郡に生まれた者たちが、遠く離れた南九州の谷間の村で偶然の出会いを果たすのだから、さぞかし驚きも感激も大きかったことだろう。その年、健海はすでに六十歳代の後半に達していたことになる。ほんとに長いことふるさとへ背を向け続けていたわけである。

ちなみに官軍が薩軍を追って日向方面へ入るのは明治十年の夏で、美々津《みみつ》港を八月四日に占領している。『東郷町史・通史編』によれば坪谷方面が戦場と化したのは八月六日・七日あたりで、特に七日の戦闘は激しかったという。暑いさかりの頃、健海はふるさと武蔵の国の者と遭遇したのである。と言っても坪谷の家ではなく、健海は明治八年の秋頃から坪谷を少し下った耳川筋の山陰《やまげ》の方にも医院を開業していたので、川越からの兵士が健海と遭遇し、懐かしい故郷の訛りを聞いたのはその山陰の家においてであった。

交通不便な時代に、健海はどうしてまた坪谷くんだりまでやって来て住み着いたのだろうか。加えて、西南戦争の折りにたまたま川越藩の官軍兵士と出会わないなら、一生ふるさととの連絡もしなかった。それは、なぜだったろうか。牧水は「おもふに何かさうした人に知られぬ山の中へ隠れ度いか又は隠れねばならぬ必要かがあつて引込んだものに相違ない」と書いているわけだが、大悟法利雄は『若山牧水伝』の中でもう一歩踏み込んで福島町（現在串間市）の水野栄吉という人からその祖父の話を聞き出している。水野氏は、祖父水野栄吉（同家は代々同名を名のったそうである）が「江戸にいた頃健海と親しくなり、日向に来るように勧めたのだ」と大悟法に語ってくれたそうである。この談話について、大悟法は「健海は坪谷に住んでからその水野家と縁組していることなどから考えてもこれは信じてよいと思われる」と述べている。語ってくれた孫は福島町に住んでいたが、水野家はもともと坪谷村にあったのである。とにかく、健海の離郷・坪谷定住という過程はたいへんドラマチックと言わざるを得ない。

「おもひでの記」の中で健海に関する記述が曖昧だったり誤記が生じたりしているのは無理もないわけで、祖父の亡くなった頃、牧水すなわち若山繁はまだ三歳であった。物心すらついていない時期だったわけで、その人に接して育った実感も残らぬし、まして祖父の思い出話など聞ける状態ではない。事実、牧水は「おもひでの記」では「私はその顔をも覚えてゐない」と述懐しているのだが、代わりに健海の生家には何度か訪れたようで、最初の訪問のことをこう書いている。

其後私は東京に来るやうになつて、何より先にその川越在の祖父の出た後といふを尋ねて行つた。其処には若山の姓を名乗る家が幾軒かあつて、中の一軒には故人の従弟だといふ老人が其頃まだ生きてゐた。そして祖父が身延詣でに行くと云つて一生の門出をした時に、まだ幼かつた彼はその後を追つて泣いたものであつた相だ。その日は雨が降つてゐて若かつた祖父は簑傘をつけてゐた相だ。此処まで追つて來たのだが、土産を買つて來るからといふのでたうとう泣きながら追ひ返されたのであつたと、もう耳の遠くなつてゐる老人はわざ〳〵私をその道の曲り角まで連れて行つて呉れたりした。四顧茫々たる平野で、斯んな所から自分の祖父は生れたのかと思ふと、妙に遥かな思ひが湧いてならなかつた。極めて貧しいらしい農村で、その従弟だといふ老人の生きてゐる間は其後も二三度訪ねて行つたが、――彼は私を見るのを少なからず喜んでゐた――その歿後はまたすつかり遠ざかつてしまつた。

これは明治三十七年四月二十二日のことであり、日記にも健海生家訪問の様子が綴られている。あわせて読んで見るとかなり具体的にその時の様子が伺えるので、引いてみる。

四月二十二日　晴

朝来の日本晴、空しく呻吟するは勿体なき骨頂と、終に意を決して、埼玉県入間郡富岡村字神米金なる若山家（祖父の出で給ひしあと）を訪ふべく、朝九時家を出づ。同廿七分市ケ谷発の汽車に乗りて國分寺に乗りかへて所沢まで到りて下車し、二里程歩きてつひに到る。久三郎、吉左衛門老公、皆壮健にいませり。いづれも初対面なり。いろ〳〵の話に、日帰りの宿志ならずして泊り込みぬ。親切なれど、不潔なのには大閉口。

土地は武蔵平原内にありて、高燥、霞まぬ日、富士よく見ゆと。

牧水は東京に出て来て早稲田大学文学科高等予科に入学したばかりであった。東京の地を踏んだのが四月十日だったから、それから十日余り経っているわけで、少しは落ち着いたのだったろう。「空しく呻吟するは勿体なき骨頂と、終に意を決し」た模様。なぜ呻吟していたのか、祖父健海がふるさととの連絡を取らなかったことについて、孫としても少し気にするところがあったか。しかしそこまでの考えがあるわけでなく、ただ単に暇を持て余していただけだったのではなかろうか。

市ヶ谷から汽車に乗っているのは、上京当時、麹町区（現在の千代田区麹町）三番町五七の伊川方に下宿していたから、そこが最寄りの駅だったに違いない。さて、思い切って行ってみると、非常に暖かく迎えてもらった。「親切なれど、不潔なのには大閉口」とあるが、昔の庶民の家だったらさして驚くには当たらないわけで、微笑ましい出来事であったと見なして良い。そして、「おもひでの記」の方には「四顧茫々たる平野」の中、「斯んな所から自分の祖父は生れたのか」と書いているが、眼前の風景を前にしてはるかな思いにひたる時、牧水の頭には必ず自分の村、坪谷が意識されていたはずである。そう離れてはいないところに山々があるとはいえ、やはり健海の生家一帯は視界の開けた平野であり、それに対して間近に尾鈴連山などの山々が迫る小盆地、坪谷村。「高燥」の反対で、自身でも後に「ふるさとの尾鈴の山のかなしさよ秋もかすみのたなびきて居り」と詠んだとおり、秋も霞のたなびくような湿度の高い土地柄である。植生も、武蔵野あたりが落葉広葉樹の多いのに対して坪谷は南九州の照葉樹林帯に属する。牧水がそのような山相にも注目したかどうかは確かめるすべもないものの、たいそう違った環境、関東と南九州との隔たり、といったことなどを考えると「妙に遥かな思ひ」が湧いたのは極めて当然のことだったろう。

「故人の従弟だといふ老人」とは日記の方に出てくる吉左衛門だが、この人は牧水の祖父・健海より十八歳も年下で、健海がふるさとを出ていった二十代半ばの頃はまだ七、八歳だった。牧水が東京へ出た頃には七十歳台に入っていたろうから、生きていたとして不思議でない。

この健海生家訪問は感激も一入《ひとしお》だったが、くたびれることでもあったようである。一泊させてもらった翌々日は朝からぐっすり寝込んでいる。

「おもひでの記」の方に「其後も二三度訪ねて行つた」と書いているように、実際その年の十月の日記にも神米金の若山家訪問のことが現われている。老公の若山吉左衛門から、自分はもう老いて行く先長くもないから、今一度会いに来てくれ、との便りがあったため、それを受けての再訪だった。

十月十六日　曇

曇つてはゐたれど降りはせまい、一つ奮って出かくるべしと、朝八時半発足。先づ大久保辺をうろついて新宿に出で、汽車の人となつて、例の如く国分寺乗換、所沢駅下車、一里程の野道を、ほくら〳〵と小春日和の穏やかに、うち渡す広野の、人にも会はで無事神米金村なる若山家に到りぬ。久三郎様おゐでにて、吉左衛門老公は所沢にお出でゝ留守なりとよ、さてはと落胆すれば、その孫の勇ましきを使に、やがてすれば、にこにこ帰つておはしき。久闊の物語りさはに、夜は日向の山ものがたり、みな〳〵興に入りて、寝るも忘れき。血のえにし、いぶかしきまで力強きや。

最初の若山家訪問の時に家の中の不潔さに大閉口したり、一泊してくたくたになったのだが、そんなことはマイナス要因なんかにはなっていなかった。それがこの記述で分かるのではなかろうか。二里ほどの道を歩く時の「ほくら〳〵」という小春日和は、きっと本人の機嫌の良さの表われであった。吉左衛門が留守だと聞けば落胆し、しかしながら使いの者が連絡してくれて会うことができた。寝るのも忘れてよもやま話に興じて、もうすっかり打ち解けているのである。「血のえにし」、そう、まことに血の繋がりの強さ・熱さというものを実感している様が伝わってくる。初めての訪問の折りもそうだったようにこの時も一泊し、翌日は昼から一家の者たちに所沢駅まで送られて帰って来ており、牧水がいかに手厚く歓待されたかが分かる。

祖母・カメ

江戸時代末期に武蔵野に生まれ、長崎へ出て医学を学び終えてからは南九州の日向の国に住み着いて、ふるさとへは音信もせずに一生を全うした若山健海。ドラマチックな生涯を生ききった人だから、さぞかし逞しい男で酒も豪快に呑んだことであろう。牧水も酒を愛し、日に一升程の酒など平気で呑み干したくらいの人間だ、きっと祖父の呑みっぷりを引き継いだのに違いない、と想像してみたくなる。しかし、こと体格についてはたいへん逞しい偉丈夫だったものの、飲酒となると健海は全くの下戸で、酔っ払いをたいへん嫌っていたのだという。むしろ、その妻・カメの方が、小柄ではあったが大の酒好きであった。孫の繁つまり牧水も、やはり小柄。そして、大の酒好き。だから、牧水は体格も嗜好も祖母の方に似たのである。

健海が坪谷に住み着いて診療所を開いたのは、先に触れたように天保七年（一八三六）。そして、妻帯したのはその六年後、天保十三年（一八四二）のことであった。三十二歳の時だったのだが、相手のカメの方は文政九年（一八二六）生れであり、一緒になった時まだカメは数えの十七歳だった。牧水は「おもひでの記」の中で祖母カメを「土地の旧家で酒造家《つくりざかや》をしてゐた奈須家の女《むすめ》」と記しているのだが、誤りである。カメは美々津で生まれた後、母親が下三箇の造り酒屋・水野栄吉のところに後妻に来たので、坪谷のすぐ近くで育っている。

カメは明治二十七年（一八九四）つまり孫の繁少年が九歳の年まで生きていたから、孫としては祖父・健海のことよりもずっと記憶が確かで関わりもあったはずと思われる。しかし、このようにその出自の記述を間違っているし、それになぜか祖母について具体的な思い出話を書いた形跡がない。これは、どうしてなのだろうか。健海出郷の謎よりも、むしろこの方がずっと不思議な気がする。それというのも、カメはとても面白い女性だったと思われるからである。

牧水の代わりに、大悟法利雄が『若山牧水伝』の中でカメのことを書いており、それによると夫の健海が大きな体でありながら酒を好まず、謹厳な性格であったのとは正反対であった。カメは小柄で、酒好きで、たいへん陽気な性格だった。三味線も弾けば歌もうたう。近所で寄り合いでもあって振舞酒が出れば、カメは酔って帰ってくる。すると健海は、「お前と寝ると酒樽のそばに寝るようでいやだ、出て行ってくれ」と言って家に入れてやらず、戸を閉めてしまう。酔っ払ったカメは家の外ではしゃいでいるのだが、そのままでは可哀相である。健海が二階の部屋で寝しずまった頃を見はからって、牧水の母マキがソーッとひそかに戸を開けて自分の寝床に連れ込んでやっていたのだという。大悟法はこういうエピソードをどこで聞き得たのだろう。牧水から直接なのか、あるいは坪谷で土地の人から取材したのだったか。ともあれ、酒好きで三味線も弾けるし、唄もうたう。昔の酒席には自前の鳴り物が要ったから、このように三味線の上手な人は結構どこにも多かったのである。さらに「お前と寝ると酒樽のそばに寝るようでいやだ、出て行ってくれ」と健海から追い出されても家の外ではしゃいでいるのだから、酔ってのこととはいえこれはちょっとやそっとのことでは負《め》げない女丈夫である。

カメの酒にまつわるエピソードは、『若山牧水伝』にもう一つ出てくる。

それはもうずっと後健海が病気で下の座敷に寝ていた頃のことだが、床の間にクマ焼酎が一升置いてあった。特に酒精分の強いその焼酎は何かの薬用にするものであるが、酒好きの彼女はなんとかしてそれを飲みたくてたまらず足音を忍んで盗みに行った。盗むとはいっても全部というわけには行かぬので茶碗か何か持って行って床の間の壜から失敬しようというのである。横にされた焼酎の壜はコポコポと大きな音を立てた。何しろすぐ枕もとなので眠ってゐた健海が「あッ焼酎がこぼれたッ」と云って目をさましたが、彼女の姿を見るや「なんだ婆かッ」と大声をあげる。カメは驚いて大声を立てて笑いながら逃げ出す。「おまき、お前が盗りにやったのだろうとあとで私まで叱られたよ」と後年母親マキがよく家人たちに話しては大笑いしていたという。

健海の寝ている部屋から焼酎を盗み出そうとしたというのだから、これはまたケッサクである。

「クマ焼酎」すなわち「球磨焼酎」は、熊本県南の球磨・人吉地方で産する米焼酎である。このエピソードでは健海もだいぶん年をとっているようだから、明治時代に入ってからの出来事だろう。ちなみに、健海は明治二十年まで生きている。その頃、球磨焼酎が県境を越えて日向の国にも流通していた、というのがこれで窺えるのだが、当時の球磨焼酎は現在のように白麹菌を使用するのでなく、黄麹菌を用いていたので、清酒と同じ芳香を放ったはずである。また、原料の米は白米でなく、当時は玄米であった。白米で仕込んだ焼酎では出せない独特の典雅な味わいがあった。

ただし、下戸の健海の枕元にそれが置いてあるのだから、呑むためのものでないのは明らかで、大悟法が言うように「何かの薬用にするもの」だったに相違ない。実際昔の球磨焼酎はアルコール度数は今のような二十五度主流でなく、三十度・三十五度といった高濃度のものであった。その若山医院備え付けの消毒薬用焼酎をもこっそり「失敬」しようというのだから、カメは筋金入りの酒好きだったと評して良い。

神にも似たるこしかた

さて、牧水に「父母よ神にも似たるこしかたに思ひ出ありや山ざくら花」という歌がある。歌の成立は明治四十年、牧水はまだ二十一歳で早稲田大学の学生だった。医者である父の後を継がず文学を志し、早稲田の文科に学んでいた牧水。しかしながら、父母への思いはひじょうに熱かったと言える。そして、「神にも似たるこしかたに」と詠むのである。牧水の父と母との神々の営みにも似た来し方とは、さて、どのようなことを指すのであるか。

その前に若山家のことを整理しておくと、健海（一八一一～一八八七）とカメ（一八二六～一八九四）の間には二人の男の子ができた。長男が立蔵《りゅうぞう》（幼名・立造）で、弘化二年（一八四五）三月生まれ（～一九一二）。次男が純曽《じゅんそ》（幼名・縁司）、安政元年（一八五四）二月生まれ（～一九一五）。他にも女の子が二人いたらしいが、二人とも幼いうちに死んでしまい、名前も伝わっていないようである。立蔵も次男の純曽も健海にならって医者となったが、家督は兄の立蔵が継ぎ、弟の純曽は坪谷を出て山《やま》陰《げ》の方の医院を営んだ。この医院は先に触れたように、健海が明治八年に設立したのである。

健海の後継ぎの立蔵は、慶応二年（一八六六）の春にエイという女と夫婦になっている。そのエイが若山家に来て数か月後には病死してしまい、同じ年の秋になって立蔵は長田《おさだ》勘三郎の長女マキ（一八四八～一九二九）と再婚するのである。その年、立蔵は二十一歳だった。二人の間には、明治元年（一八六八）に長女スヱ（～一九五三）、明治三年（一八七〇）に次女トモ（～一九三八）、明治八年（一八七五）には三女シズ（～一九六二）というふうに女の子が続いて生まれる。シズは本当はキワという名だが、弱くて泣いてばかりいたため、もうちょっと静かになるようにとの願いをこめて「シズ」と呼ばれるようになったのだという。そして、シズが生まれてから十年も経った明治十八年（一八八五）になって、ようやっと男の子が生まれる。この男子が繁《しげる》、つまり牧水である。

いよいよ、「神にも似たるこしかた」のことである。まず一番先に考えられるのは、牧水の父・立蔵と母・マキとが結ばれたきっかけである。

牧水の家の前には大きな八重桜の木が三本立っていたそうで、この大木については牧水自身の生誕にまつわる話も遺っている。しかし、それは後で触れるとして、「おもひでの記」にこう書かれているのである。

この八重桜についてはもう一つ記憶がある。どうした調子であつたか、これは母が直接に私に語つたのであつたが、母の何歳（忘れたが、十六か十七か、とにかく極めて若かつた）かの時その父の任地（母の父は延岡藩の代官を勤めて当時私の村よりもつと奥の神門《みかど》といふ村に赴いてゐたのだ相だ）から何処とかの神詣りに行く途中、脚絆《きやはん》の紐が解けて、母だけ一人同伴者《つれ》に遅れてこの八重桜の根がたで結び直してゐた。それをこの裏門から見たのが私の祖父と祖母で、それから母の身許を探して遮二無二嫁に所望する事になつたのだ相である。恰度花の盛りで、紐を結びながらも思はずそれに見惚れてゐたといふ若かつた母の面影がこの木の花を見るごとに私の想像に上つたものであつた。

坪谷の村の中には、当時、桜といえば山桜ばかりで、八重桜は牧水の家の他には見られなかったのだそうで、「恐らく他処者《よそもの》の祖父が何処か他処から持つて来て植ゑたのだらう」と牧水は推測している。ちなみに、若山家の家紋は牡丹桜つまり八重桜であり、もしかしたらそれを意識して植えられたのかも知れない。

だが、そんな推測はさておき、山間僻地のなかの一集落、そこにこうしてなんとも珍しく八重桜が咲いていたのであった。満開の花の素晴らしさに、脚絆の紐を結び直すのもしばし忘れて見とれていた娘、マキ。牧水の祖父母が「それをこの裏門から見た」とあるが、塩月真『牧水の風景』にはもっと具体的に「たまたま庭に出て狭い菜園の野菜類の生育ぶりに目をとめて」いた健海とカメが、ささやかなマキのふるまいを「しかと見てとった」とある。とにかく二人揃って家にいた折、通りすがりの旅の娘を目に止めて、その楚々たる様子にたちまち惚れ込んでしまった。「母の身許を探して遮二無二嫁に所望」したというのだから、実にいい話。まさに「神にも似たるこしかた」ではないか。もっとも、この神々しい話の中には立蔵やマキの意志が欠片《かけら》も盛り込まれていない。現代の人間の感覚ではちょっと奇異な印象があるわけだが、当時は別段変わったことでもなかった。昔の婚姻には、たいてい本人の意向はあまり考慮されないものだったのである。

　マキは嘉永元年（一八四八）九月、延岡に生れている。若山家に嫁入《よめい》って来るのが慶応二年（一八六六）で、十八歳である。牧水の祖父母に見初められたのが「十六か十七か、とにかく極めて若かつた」というのが本当だとしたら、この八重桜にまつわるエピソードは立蔵が最初の妻・エイを娶るよりも少し前のことだったのだろうか。牧水の「おもひでの記」にあるとおりマキの父親は延岡藩の武士であった。その頃「神門といふ村に赴いてゐた」のではなく、坪谷からすれば神門の手前の、流されい（南郷村、現在の美郷町）の番所に勤めていたという。流されいは小丸《おまる》川に沿った集落で、延岡領（南郷村側）と幕府直轄天領（坪谷村側）との境目に位置している。そういうところにいたから、坪谷村の往還を歩くこともあったのだろう。

　若い頃、マキは美人であったらしい。塩月真『牧水の風景』では、次のような証言が紹介されている。

流され番所跡

彼女は老後の写真からも十分察しられるように美人であった。士族の娘らしい品位のある顔立ちでもあった。

それを実際に聞いてもいる。もう二十年も前になる。西郷村小川時代の若山一家を取材するため同地区に行った。そこで一家を知っている老婆をようよう探しあてた。

その当時、十七、八歳だった老婆が言った。

『田舎にいるような人じゃなかった。そりゃあ、べっぴんさんじゃった』

昨日のことのように思い出してくれた。

西郷村（現在の美郷町）小川時代というなら、明治二十三年（一八九〇）頃である。すでにマキは四十歳台に入っていたことになる。当時の日本人の一般的な老け方を考えれば、いくら娘時代に別嬪《べっぴん》だったとしても、もはや見る影も失せてしまっていて不思議でない。だが、「田舎にいるような人じゃなかった。そりゃあ、べっぴんさんじゃった」、村の十七、八の娘の目にそう写ったというからには、さぞかし美しさが際立っていたのだったろう。

さて、だが、「神にも似たるこしかた」が含むものは、この八重桜にまつわる一件だけだろうか。確かにこれが核となるのは間違いないとして、しかしまだまだ他にあるものと思われる。そうでなければ、牧水は歌の中で「山ざくら花」を登場させる必要がない。「八重桜花」で充分だったはずである。

この「父母よ神にも似たる…」という歌は歌集『海の声』に収載されているが、「母恋しかかる夕べのふるさとの桜咲くらむ山の姿よ」「春は来ぬ老いにし父の御《み》ひとみに白ううつらむ山ざくら花」の二首と並べてある。こうして見てみると、一つには村での思い出の象徴として「山ざくら花」は用いられているのではなかろうか。それゆえ、事は父母の結び付きのもととなった話だけにはとどまらぬ、と思えるのである。

父・立蔵

牧水の父・立蔵はどういう人だったのだろうか。この人は健海と違ってたいへんな酒好きであったという。その点は母親のカメの方の資質を受け継いだのだろう。今一つ言えば、若山医院の中にじっとしていない人でもあったようだ。

父おほく家に在《あ》らざり夕されればはやく戸を閉《さ》し母と寝にける

牧水は明治四十四年（一九一一）刊行の歌集『路上』の中でこう詠んでいる。医者なのに家におらず、家族は夜には早めに戸を閉ざして寝に就くというのでは、立蔵は外で何をしていたのか。「おもひでの記」では、牧水は自分の父親を祖父の健海ほどの人ではなかったものの、凡庸の徒ではなかった、と言っている。熊本や大阪で修業した上で若くして医者になり、その技能は近郷の人たちを充分に信服させていた。一点の邪気も持たず、情に厚い人でもあった。ただ、惜しいことには意志が極めて弱く、そのくせ常に何かを空想しなくては気が済まぬ「小さな野心家」だった、と牧水は評するのである。酒を飲むと乱暴をはたらくこともあり、母親マキはいくども立蔵から白刃を突きつけられたことがあるのだそうである。医者であるが多くは自宅に落ち着かず、いつもなんやかやと「事業といふ様なことを空想して飛び歩いてゐた」から、立蔵の周囲にはいつも必ず「濡《ぬれ》草鞋《わらじ》」の連中がくっついていた、というふうに牧水は父のことを回想するのである。

牧水の父・立蔵は十歳の頃から医術を勉強し始め、文久元年（一八六一）の春に大阪へ出て緒方拙齋という人に学び、次いで文久三年（一八六三）には熊本の高橋町の医者・五十君玄水のもとで西洋医術も学んだようである。マキが嫁いでくるのが慶応二年（一八六六）だから、立蔵が帰郷して間もない頃であったのだ。ただ、牧水が言うように立蔵は「小さな野心家」であったから、家にいて医者としての仕事になかなか専念せず、事業に手を出し、自らの周囲には常に「濡草鞋の徒」がつきまとっていたようである。

「濡草鞋」については牧水がちゃんと説明してくれており、「他国者が其処に来た初めに或家を頼って行く、それを誰は誰の家で濡草鞋をぬいだといふのである。その濡草鞋をぬいだ群が私の家には極めて多かつた」と、こういうことである。しかも牧水は、若山家自体がもともと「濡草鞋党」だったのだ、と語っている。祖父・健海が関東の方から下って来てこの日向の奥まった村に住み着いたのだから、確かに「濡草鞋党」なのであった。ただ、その健海自身はあまりそういった者たちを受け入れなかった、という。その子・立蔵の方が積極的によそからやって来る者たちを受け容れ、分け隔てなく歓迎した。

それに丁度航路が開け、道路が開けるといふ時代であつたので私のものごころのつく七歳《ななつ》八歳《やっつ》の頃は（或はもう少し前から）最もこの遠来の客が多かつた。山師、流浪者、出稼者、多くは余り香《かんば》しからぬ人たちが入り替り立ち替りやつて来た。好んで迎へ好んで送り、父はいささかも倦む様子は無かつたが母は始終それを嘆いてゐた。彼等の来り、且つ去るや、必ず先づよき土産をば置いて行かなかつた。後には流石の父すらも懲りたくと言ひながら、尚ほその習癖をばやめなかつた。そして、多くはそれらの徒のために無用の事を起しなどして、祖父の作つた財産をその没後幾何《いくばく》も経たないうちに失くし尽してしまふまでそれが続いてゐた。程なく無一物の彼となると、もうその濡草鞋の徒《やから》も寄つては来なくなつた。そして、終《つひ》には父自身が自分の村を飛び出さうくと試むる様になつた。

（「おもひでの記」）

「丁度航路が開け、道路が開けるといふ時代」——明治維新以後の細島港・美々津港の繁盛や耳川流域における道路開削は、坪谷という山間部の集落にも否応なく文明開化をもたらしたのである。

交通路が開ければ、遠くからも人間が来るし、物資が流れ込み、情報も入ってくる。濡草鞋の徒の多くがかんばしからぬ者たちだったとしても、この山村に今までにない風が吹き込むようになったのである。立蔵が彼等を「好んで迎へ好んで送り」「いささかも倦む様子は無かつた」のは、医師という本業のほかに常に何か新規の事業に手を出す習癖を持っていたためだったろう。あるいは、初めはそのようなことに関心を示さなかったが、濡草鞋の徒によって多大の影響を受けて事業を夢見るようになったか。

牧水は、父・立蔵が「こればかりは確かだぞ」と意気込んで開発に取り組んだ「五平田山《ごへいだやま》」について、思い出を綴っている。五平田というのは石炭のことだが、その鉱脈があるからと立蔵は坪谷の村の奥山に数人の坑夫を入れていたそうである。そして、自身は毎日「酒肴の弁当」を持参してそこへ出かけていた、というのである。現場はどんなふうであったか、牧水の思い出話はこうである。

私も折々連れて行かれた。断崖になつた岩山に穴をうがつて、とんちん〳〵といふ槌の音が断えず響いてゐる。それを父は四国弁の高橋さんと共に谷を隔てたこちらの山の木陰の小屋から酒を酌みながらいかにも楽しげに眺めてゐるのだ。とんちん〳〵の槌の音の間には折々轟然たる音を立ててその岩山の壊れ落つる事もあつた。それはダイナマイトといふもので、折々はまたそのダイナマイトを淵に投げて魚をとる事もあった。わけは解らず、ただ母の歎くのが心にあるのでその岩を掘る槌の音や、またはダイナマイトの音そのものがいかにも悪いものででもある様に思はれて、私は其処に行くのが恐ろしかつた。そして、もう止せ〳〵と幾度も父にせがんで、はては自分を可愛がつて呉れる高橋さんにまで頼み込んだ。その時、酒に酔つてゐた高橋さんは、うふゝゝといふ様な、あらはにそれと解る泣笑ひの声を立てて矢庭に私を抱き上げたことなどあつた。私は折々この高橋さんの事を今でも夢に見る。程なく彼はこの五平田山の事で父と喧嘩をして私の村を出て行つてしまつた。

(「おもひでの記」)

父の手がけた事業について語る時、牧水の筆致はどうもあまり好意的でない。父の意気込みよりも母マキの嘆きに同情していたふうであった。結果を言えば、この五平田山も結局はうまく行かなかったのであった。ちなみに、父・立蔵のこのような性癖は、母マキの義理の弟にあたる「鈴木の叔父」こと鈴木寿太郎にも備わっていたという。

こうしたことは立蔵に限らなかったわけで、鉱山開発の試みが坪谷や周辺の村でも結構行われた、ということが『東郷町史・通史編』でも報告されている。よそからの移住者・医者・事業となると、どうだろうか。詳しいことは分からない。

ここで、同じ九州山脈の中の、県境を挟んだ熊本県側のことも眺めてみたいものである。熊本県球磨郡四浦《ようら》村(現在、相良《さがら》村)から輩出した作家・小山勝清《おやまかつきよ》(一八九六年生れ～一九六五年没)は民俗学と文学とを融合させた『或村の近世史』、その手法を児童向けに生かした童話『彦一頓智ばなし』、時代小説『それからの武蔵』等で知られるが、この人の家も牧水の家と同じく父が医者であった。父は小山文郁《ぶんいく》といい、熊本細川藩の医者の家の出であった。明治十二年(一八七九)、この文郁は西南の役で焦土と化した熊本から球磨川流域の山間部へ流れて来るのである。そして球磨川の最大の支流・川辺川に沿って歩くうち、坪谷と似たような小盆地、四浦村の晴山《はるやま》というところに立ち寄る。晴山の人たちにとっては完全なよそ者、いわば「濡草鞋」である。しかし、球磨の人たちはよそ者に対して寛容に扱う気質があるし、加えて小山文郁はすでに医者として学を修めていた。病気に悩む村人たちを診《み》てやるうちにすっかり信頼され、村人たちが彼のために家を建ててやり、近くの村の娘をめとることも出来た。文郁はめでたく村に落ち着くことができたのであった。だが、彼はそれだけで一生を終えたくない人であった。高田宏の『われ山に帰る』は、こう物語る。

文郁は、癩病医者どんと呼ばれた。このへんに多かった癩の治療が得意で、文郁のおかげで腐らずにすんだと感謝する村人が数多くいた。神経痛を治すのもうまかった。もちろん、ただ一人の医者だから、骨折であれ腹痛であれ、なんでも診た。

鉱山さがし、山師のほうも、あきらめなかった。球磨地方一帯に鉱脈をさがしては試掘をかさね、たいていはだめだったが、それでも銅山二つとアンチモニー鉱山一つを掘りあてた。アンチモニー鉱は日清戦争のころに発見して、本式の採鉱と精錬をはじめ、妻の弟や妹婿に鉱長、工場長を託した。だが文郁は事業家よりもやはり医者だったようで、事業はすべて失敗している。松根油製造に手を出したこともあったが、これも失敗で、そのたび家族に、「こぎゃんなってしもて、すまんな」と詫びていた。破産にまでいたらなかったのは、医業があったからであろう。

文郁の試みた鉱山開発にまつわって、おもしろい怪異譚も遺された。息子の勝清がそれを拾い集めて民俗学者の柳田国男に提供したから、そのうちのいくつかは柳田の著作『山の人生』中に登場することとなったのである。

明治という新しい時代になって山々に囲まれた辺地へ到来したもの。よそから人が流れて来て、住み着く。医者として優れた腕を持つから村人の厚い信望を得、居着くものの、それに自足して過ごすことの出来なかった男。事業に手を出すのは、なにがしかの夢を抱いてのことであったに違いないが、所詮は事業家でも商売人でもなかったのだ。若山健海・立蔵親子の坪谷定住とその後の生き方を見ていると、こうして小山勝清の出た家の軌跡とそっくり重なってしまうのではなかろうか。

若山立蔵の事業への挑戦と挫折、それは「神にも似たるこしかた」にはほど遠いものであろうか。しかし、明治の人間の夢というものの内実は、今から見るとたいへんドラマチックといわざるを得ない。やはり「神にも似たるこしかた」に加えたくなる。少なくとも、それに近いものとして考えてみて良いのではなかろうか。

第三章　男子誕生

ことんと音をさせて

若山牧水は、ふるさと坪谷でどんなことを見、感じ、考えて育っただろうか。今からそれを辿ってみるが、これは単に牧水一人の足跡を知るだけでなく、おのずから坪谷という土地の風土や歴史・民俗等に接する作業にもなるはずである。よりどころとなるのは主として「おもひでの記」だが、これは牧水が自身の幼少年期を回顧した書き物であり、一文学者の自伝というにとどまらない価値を有している。なぜかと言えば、明治・大正の宮崎県日向市東郷町（当時、東郷村）の様子を文章で記録したものがこの牧水のエッセイの他にほとんど見られないのである。貴重な「時代の記録」となっているわけである。

「おもひでの記」の冒頭に、まず自分の誕生のことをこう語っている順序から云つて私は先づ自分の誕生の時の事から筆を起さねばならぬ様に思ふ。明治十八年八月廿四日、その日は陰暦では恰度お盆の十六日に当つてゐた相だ。その朝とりわけて気分のよかつた母を二人の姉は——私には姉ばかり三人ある、長姉はその頃もう二十歳位ゐであつた筈だ、その姉と其次の姉と二人して朝の掃除をするために、その前から座敷に床をとつてゐた母を——母も既う若くはなかつた、その妊娠の事を他へ物語る彼女の話のなかに、初産の時よりよつぽど恥しかつたといふ言葉が出て来たのを其後私は耳にした事がある——東の縁側へ連れ出して坐らせてゐた。漸う日の光が峰から射して来る頃だつた相だから、余程早朝であつたのだらう。お盆の事ではあるし、掃除から朝飯の支度と、姉どもも暫く母を忘れて勝手の方に行つてゐる時に、何の用意もなしに急に産気づいて私は生れたのだ相である。その朝、祖父も父も留守ででもあつたのか、唯だ二人の若い姉たちが右往左往して全部その場の処置を執つた様にのみ、私の記憶には物語られてゐる。

明治十八年（一八八五）というなら、日本で最後の国内戦争となった西南戦争が行われてから八年後、ようやく明治の新体制も落ち着いた頃と言えるであろうか。文学の世界では、尾崎紅葉らが文学結社の硯友社《けんゆうしゃ》を結成しているし、坪内逍遙が新しい文学の在り方を示そうとして『小説神髄』を著している。その坪内よりも具体的かつ新鮮に日本の文学の方向を提示した二葉亭四迷の小説『浮雲』が発表されるのは、二年後の明治二十年（一八八七）のことであった。

牧水と同じ明治十八年生まれの文学者の名を挙げれば、まず短歌の世界では北原白秋と土岐善麿がいて、二人とも後に早稲田大学で牧水と出会うことになる。木下杢太郎も同年生まれである。散文の分野では「大菩薩峠」の中里介山、白樺派の武者小路実篤、大分県出身で「海神丸」などの小説を書いた野上八重子も十八年に生まれている。ついでながら、詩人・山村暮鳥や俳人の荻原井泉水は明治十七年、短歌の木下利玄・石川啄木・吉井勇、小説の谷崎潤一郎、詩人・萩原朔太郎は明治十九年生まれ。ざっとこんなところが牧水と同世代である。

さて、その明治十八年の八月二十四日。牧水は「陰暦では恰度お盆の十六日」に誕生、としているが、大悟法《だいごぼう》利雄の『若山牧水伝』によると事実は一日違いの陰暦七月十五日であったという。当時の家族は祖父の健海、祖母カメ、父・立蔵《りゅうぞう》、母・マキ、そして子供は長姉のスヱと次女トモ、三女シヅの三人。合計七人いたところへ新しく男の子が誕生したのだった。七人家族とはいえ、当時健海とカメは東郷村の中心部にあたる山陰《やまげ》の家に寝起きしていたという。健海は明治八年頃に山陰にも家を建て、医院を開業していたのである。翌々年には坪谷の方を立蔵に正式に家督相続させ、自身は山陰の方で隠居生活に入る。この山陰の方の医院は、後に次男の純曽《じゅんそ》に営ませるのである。

そんなわけで、八月二十四日、坪谷の家に祖父母はいなかった。牧水の記述では、父の立蔵も三女のシヅもいなかったことになる。シヅの場合は、いたのだろうがまだ幼くて、といっても十歳になっていたはずであるが、まだお産の処置の戦力にはならなかったのだろうか。

牧水誕生の日の様子に関しては、大悟法利雄『若山牧水伝』の記述の方が「おもひでの記」よりも詳しい。それによると、その日、立蔵は朝早くから往診に出かけていたので不在で、身重のマキの他にはスヱとトモしかいなかった。二人の姉は「母親は妊娠以来とかく健康がすぐれ」なかったから「家の中のことは十八と十六になった二人の姉が切りまわしていた」のだそうで、共にもう家の中の雑事を立派に引き受けていた。ともあれ、すがすがしい夏の朝日が板縁に流れて来はじめた頃、母マキはめずらしく気分がよく、六畳の座敷から東の縁側の方に出て坐っていた。掃除をすました二人の姉が、「おかずは何にしましょうか」とマキに相談してから勝手の方に行って立ち働いていたのだが、そんな折りマキが「急に産気づいて安々とわが牧水は生れ落ちた」――まことに何の前触れもなしにころりと子が産まれた。寝床へ戻るひまもないくらいの呆気《あっけ》なさであったようだ。そして、スヱとトモが甲斐甲斐しく働いたのである。父・立蔵四十一歳、母マキは三十八歳だったが、牧水が記憶している「初産のときよりよつぽど恥しかつた」という親の述懐は、当時そのような年齢になってからの出産は珍しかったのだったろう。すくなくとも、今ならば、さほど恥ずかしがる年齢ではない。

牧水の「おもひでの記」に戻ろう。

此処でお前はことんと音をさせて生れたのだよ、と其後もう余程生長してから度々姉どもは私をその縁側へ連れて来てはからかつた。田舎の家の事で、幅の広い、頑丈な板縁で、真東に向いてゐる。中学に出る様になつて暑中休暇で帰省してゐる時など其処は家の中でも涼しい所なので私はよくその板縁に寝ころびながら、自分の生れた時の事などを想像して見たものだつた。縁のツイ向うは築山の様になつてゐて、――程なく小さな野菜畑に変へられたが――ゆすら梅（郷里では庭梅と呼んでゐた）の大きな株が二つ並んで、小さな果実が夏ごとに累々となつてゐた。ゆすら梅の少し向うには柚の老木があり、これも毎年軒端に沿うてよく実をつけた。

自分が生まれたという縁側のことを思い出して語る牧水の筆致には、まるで御伽噺《おとぎばなし》のそれのようなのどかさが漂っているではないか。実に牧水は自身の幼少年時を振りかえる時、揺りかごの中にいるかのような安心感に包まれていたように思われる。

牧水生家の縁側

牧水生家はまだ昔の場所にそのままの姿が遺されているので、山桜桃《ゆすらうめ》や柚子《ゆず》の木がなくても充分に雰囲気がある。敷地は面積五一〇平方メートル（約一五四・五坪）で、木造二階建ての家は母屋が一二二・三三平方メートル、納屋二四・四九平方メートル、併せて一四六・八一平方メートル（約四四・五坪）である。

診察室は中に入って右のところにあって、四畳というスペースでしかなかった。だから、現代の医院・病院を見慣れた眼にはどうしても小粒に映ってしまうのだが、しかし当時、村の中の医院としては充分機能したようだし、こざっぱりした造りは今でも見ていて感じが良い。
誕生にまつわる話は、まだまだある。

名づけ

牧水の本名は「繁《しげる》」だが、この名の由来がまた愉快である。生まれてしばらくして名づけを行うことになった時、祖父の健海がどうしても遠方へ行かねばならぬ用が生じた。それで、健海は孫の名を「玄虎《げんこ》」と付けよ、と言い置いてから出かけたそうである。ところが、これに承服しなかった者がいた。

第一に不服を称へたのは二人の（一人の姉はまだ幼なかつた）姉である。ゲンコと云ふのは土地の魚屋などの使つてゐる数の符丁《ふちやう》である。そんな馬鹿な名があるものでない、構はないから祖父《おぢい》さんの留守に変へてしまへといふので、二人して考へた末、繁といふ名にして役場にも届けてしまつた。彼の頑固な祖父が定めし怒つた事であらうと思ふが、取消されなかつた所を見ると或は唯だ笑つて済ましたのかも知れない。
（「おもひでの記」）

こういう次第で、姉二人は祖父の意向を見事に無視し、「繁」という名をつけた。健海の考えた

「玄虎」というのはまたいかにも堅苦しい感じだが、漢学好きの人だったそうだから本人は至って自然な気持ちであったろうか。ちなみに塩月真の『牧水の風景』は、「広辞苑」の説明に医者や僧侶の名は「玄」のつくことが多く、従って「玄」という語はそういう人たちの「異称」としてよく使われていた、と説いてあるのをもとに、「若山医院本家の三代目を継ぐはずの男の子に、医者らしく、いかめしい名前を選んだのであろう」との推測をしてみている。杉田玄白もその例だ、と言うのである。確かに医者とか僧侶には「玄」の付く名の人が多かったのかも知れないが、ただ広辞苑の説明にはこれが「江戸吉原で、医者・僧などの異称」とあるのも忘れてはならぬだろう。吉原で遊女たちによって「玄さま」などと用いられていた異称を、健海はそれでもわざわざ孫の名につけたかったであろうか。

いや、このような詮議をあれこれせずとも、「玄虎」は充分にいかめしい響きだし、堅苦しいと誰もが感じる。加えて、牧水の説明によれば、姉たちは「ゲンコ」というのは魚屋が数の符丁《ふちょう》に使う語だから、「そんな馬鹿な名があるものではない」と考えたのである。確かに「ゲンコ」は全国的に「五」とか「五十」の隠語・符丁として用いられる場合が見られる。東郷町あたりでも例に漏れなかったわけである。『牧水の風景』にも、次のような例が記されている。

当時の東郷村では行商人らが数字に符丁を使っていた。

一―ソク、二―リャン、三―テン、四―ワサ、五―ゲンコ、六―メトル、七―ヨシボ、八―タカボ、九―キワ、と言ったぐあいだ。

「げんこ」は五ーゲンコに通ずる。それに『げんこげんにがんこげん。牛や二十五文メ』の里のざれ歌まである。

さて、「玄虎」なる命名を嫌った姉たちが考えたのは「繁」だが、その由来は大悟法利雄『若山牧水伝』によると『東京絵入新聞』（東京絵入新聞両文社発行）に載っていた築一叟編の続き物「朧影墨《おぼろかげすみ》画筑波根《えのつくばね》」に出てくる女主人公にあやかったのだという。その女主人公は、お稲という名だった。しかしその上の三人の子たちがみな小さな内に死んでしまったから、今度こそなんとか無事に大きくしてやりたいと親が思い立ち、男装させて育てた。しかも「葉山の家の繁れるやう」にと願って、名前まで「志計留《しげる》」と改めたところ、彼女ははたして大いに活躍をする、という物語だったそうである。

『東京絵入新聞』は、郵便購読による地方読者もかなり獲得していたのだろう。事実、若山家はそうだったことになる。その新聞に連載中の読み物から名をつけたというのだが、ともあれ孫娘たちのそのような思い切った行動について祖父の健海は「玄虎」にはこだわらなかったのか。父母も何も言わなかったのか。えらく物わかりが良かったことになる。

とにかく、男の子の名は「繁」ということで落ち着いたのだが、誕生にまつわって命名の由来話よりも興味を引くのは、「捨て子」というか「貰い子」というか、村に伝わる風習が習わしどおりに行われたことである。牧水はこう書いている。

その年、父は厄年の四十二歳であつた。その歳の子は育たぬといふ田舎の習俗から私は直ぐ路傍に棄てられた。路傍と云つても我が家の土塀の裏門の前で、棄てらるゝと共に村での旧家奈須といふ家の細君に拾はれたのである。その縁から私はこの細君を小学校の頃まで「番所の阿母《おつかア》」と呼んでゐた。番所といふのは旧幕時代にその家で何か役を勤めてゐた所から来た名であるらしい。

棄てられたといふ裏門の所には土地に珍しい大きな八重桜の木が三本立つてゐた。お前はこの木の根に棄てられたのぢアないか、そんなに泣くならまた棄てようかと、背に負はれながらよく姉に嚇《おど》されたのを覚えてゐる。

（「おもひでの記」）

繁つまり牧水から「番所の阿母」と呼ばれたのは、すぐ近くに住んでいた那須チヨという人である。牧水が言うように、坪谷あたりが天領だった時代、チヨの家には番所が置かれていたのだそうである。大きな八重桜の根っこのところに棄てられたとある、その八重桜こそは祖父健海と祖母カメが行きずりの旅の娘を見初めて立蔵と結びつけた、すなわち牧水の父と母とが夫婦になるきっかけとなった大木である。「神にも似たるこしかた」というのは、父母だけに当てはまるのでなくその子の生誕にも絡んで来た、と言えるのではなかろうか。

そして、この話についても牧水より弟子の大悟法利雄の方が『若山牧水伝』の中で詳しく調べて書いている。それによれば、牧水には三人の姉がいたわけだが、実は他にもいたのである。牧水は七人目ぐらいに生まれたことになるらしい。他は、生まれるとすぐに死亡していた。それに、父・

立蔵は四十一歳の前厄だったし、お盆の十五日という日に生まれてきた。どうもこの子が満足に育つか心配だ、ということになった。そこで、土地の風習に従って生後二三ヶ月の頃に道端に棄てられることとなった。棄てられるとはいえ、形式的なことであり、拾ってくれる人がすでにちゃんと決まっていて、その上でのことであった。その拾い役が那須チヨだった。チヨには元気な男の子が五人もいて、彼女に拾われればきっと元気な子に育つに違いない、ということから選ばれたらしい。

つまり、父の厄年だったからというだけでなく、今まで育ちきれずに死んだ子があったことやお盆の前の日に生まれたことも「棄てられた」理由だったのである。また、捨てられたのが牧水は「直ぐ」と書いているが、大悟法の記述では生後二三ヶ月である。そして、さらに、棄てられる当日のことは、

さてその棄てられる当日となった。「蓑児《みのご》」といってそれが最もよく育つという言伝えから蓑二枚敷きそれに蒲団を敷いたのがこの無心な嬰児の寝床であった。棄てられた場所は裏門の外、桜の木の下であった。いよいよ棄てられると、待っていた拾い手が追いかけて来て抱き上げ、すぐに門口に来て「私のところにこんな子供が生れましたが乳がないので当分こちらにおあずけしておきましょう」というようなことを言って、待ちかまえていた家人の手に嬰児を渡した。そして彼女はすぐ家に帰り、かねて用意しておいたお銚子お煮〆などを届けて来るのだった。

（『若山牧水伝』）

蓑を二枚敷いて嬰児を寝かせたとか、「私のところにこんな子供が生れましたが乳がないので当分こちらにおあずけしておきましょう」との口上などとても具体的で、村の人たちから直接聞かなくてはこのような記述は無理であろう。

それにしても、「棄て子・貰い子」の風習には生まれた子がすくすくと育つようにとの思いの切実さが如実に偲ばれるし、それも若山家だけでなく周りの互助精神というか、協力があってのこと。村の共同性が確固たるものであったのだ、と言える。すなわち「土地の風習」とあるごとく、坪谷ではこの類の習わしが普段に行われていたわけで、郷土史家・矢野宝蔵氏の調査メモ「坪谷市谷原の三浦ミヨさん（八十八歳）が母さんから聞いた話」にも次のような例が記されている。

母さんから聞いた話では、貰い子とは、子供が生れてその子が夜泣き、甘え等健康に恵まれないようであれば、健康で子供を大切にする長寿な方にお願いして一時預ってもらう家の軒下、もしくは家の中にそっと子供を米・味噌を添えておいて帰る。貰ってもらう。貰い主は、その子を丁重に取り上げ健康を祈願する。不思議なことにその子は一生元気に育つといわれる。そして、その子は貰い主より名前をいただく。戸籍上の名とは別に、子供は貰い主をお父さん、お母さんとも呼んでいた。母さんは五人の子供の貰い主と聞く。

牧水の場合は、貰い主の那須チヨからどのような「名」をいただいていたのだろうか。拾い上げて間もなく家人の手に赤子を渡したというのだから、名前を付けるまでもなかったか。そこのところは詳《つまび》らかにしないが、なんにしろ牧水は彼女を「番所の阿母」と呼んで育ったそうだから、どっぷり村の習慣に馴染んでの生育が伺える。

「土地の風習」とはいうものの、実はこういう習俗は坪谷特有のものではなかった。全国広い範囲に行われていたことであったようで、文学者でいえば芥川龍之介も同じ経験をしている。芥川は明治二十五年（一八九二）三月一日、東京市京橋区入船町（現在、東京都中央区京橋）に生まれているが、父親四十二歳、母親三十三歳、つまり大厄の年に生まれたというので捨て子の形式を踏んだそうである。父親の経営していた牛乳搾取販売業耕牧舎の日暮里支店長・松村浅二郎が、拾い親の役を務めた。

ともあれ、若山家では、女の子ばかり三人続いたあとにようやく授かった男の赤ちゃん。それも、三番目のシヅから数えて十年も経ってからの出産であった。両親はもちろんのこと、一家中で

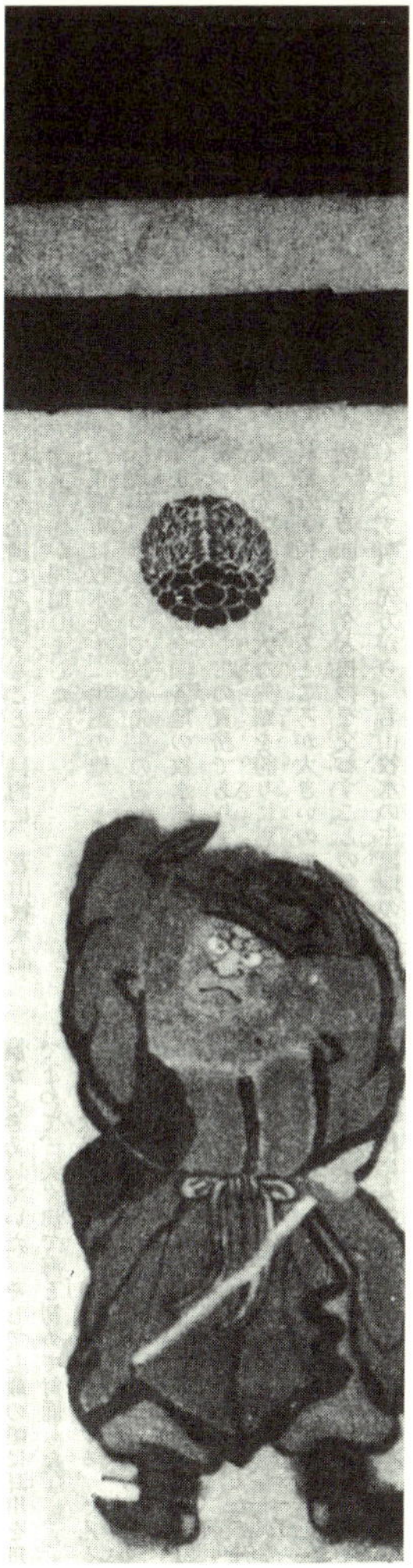
若山家が牧水の誕生を祝い用意した節句幟
（若山牧水記念文学館所蔵）

喜んだわけで、初節句には横幅一・二メートル、縦の長さ五・一メートルの大きな節句幟《のぼり》が立てられたそうである。その幟は今も遺っており、上部に若山家の家紋である牡丹桜、その下に中国の魔よけの神様である鍾馗様が描かれた、たいへん立派なものである。これは坪谷の若山牧水記念文学館で見ることができる。

姉たち

牧水の上にいた三人の姉についても見ておこう。まず長女のスヱのことであるが、牧水が「おもひでの記」に記した回想はたいへん牧歌的な趣きを持っている。

第一の姉とは私は二十歳近くも歳が違つてゐる。彼女の嫁いだのは私の二つか三つの時で、その時向うの家から持つて来た鮮魚の、鯛や鰹などでもあつたか、紅いの青いのの美しさに雀躍《こをどり》して歓んだ事を覚えてゐる。彼女の嫁《い》つたさきは、尾鈴山の向側の都農《つの》といふ海岸町の米穀や肥料などを商つてゐる家で、其処から私の家に来るには尾鈴連峰の一つである七曲峠といふを越して来るのが近かつた。或時、義兄《あに》がその峠を越えて来た。そして土産に氷砂糖を持つて来て、これはあの七曲峠に沢山落ちてゐる石であると言つた。私は悉くそれを信じてしまつて、行きさへすればあの山の上にはこの甘い石が無数に落ちてゐるものだと信じ込んでしまつた。それからは頻りにその峠を越えて来る義兄や姉が待たれて、彼等はまた来るごとにその白いあまい石を持つて来た。一二年も私はそれで釣られてゐたと思ふ。其位ゐ私の村では氷砂糖が珍しいものであつたのだ。姉の家は海岸に近かつたので山生れの私は其処に行くことをほんとにどんなに喜んだものであつたらう。行けばまた其処の一族が奪ひ合ふ様にして私を可愛がつて呉れた。其処には私の村にない西瓜が出来、甘蔗が無数に出来た。磯に行けば大きな海があり、魚が釣れ、海老がとれ、思ふままに貝が拾はれた。姉の家は土地で相応に暮らしてゐる商家であるが、不幸にも子がない。私が中学に出る頃になると全く子の様にして愛してくれた。いろ〳〵思ひ出して来るとこの姉にも随分私は反いて居る。

長姉のスヱが嫁いだ家は都農町の河野家で、夫の名は佐太郎という。牧水が書くように河野家は米穀や肥料類を扱う商家で経済力があったものの、佐太郎とスヱ夫婦には子ができなかった。スヱの実家の繁少年を我が子のように可愛がったことは、右の文を読むだけでも充分に見てとれよう。

牧水の二、三歳の頃にスヱは嫁に行ったわけであるが、その際、河野家から鮮魚が届いたというのである。赤や青、鯛や鰹の美しさ。もっとも、幼児期の記憶が果たしてそんなにも確かに残るであろうか。その後の記憶と重なっているものともとれるのだが、ただ、それだとしても坪谷のような山の中では見ることのできない鮮魚や氷砂糖等のことが語られているのは、当時それほどに珍しかったわけだ。七曲峠を経由して都農から坪谷まで行くには、およそ十六、七キロほどは距離があるのではなかろうか。都農の中心部から征矢原《せやばる》まではわりと平坦な道であるが、次第に山へと入って行く。峠への登り口が、長崎という集落の中にある。そこからは傾斜が急になり、道の曲がりようも「七曲」どころではない。「九十九折《つづらおれ》」と形容する方がずっと正しい難路である。峠の頂上は熊山

（標高六二一・九メートル）のすぐ南下であるから、標高六百メートル弱ほどであろうか。歩いて越すための時間は、朝早くから出発しても夕方近くまではかかっただろう。江戸時代の昔には、名高い山陰《やまげ》一揆の農民衆も坪谷側から都農の方へと越えたはずである。現在この峠路は全く使われておらず、全コースを踏破するのは普通の人では極めて難しい。

都農の河野夫婦は、氷砂糖を土産に持って来てくれていたのである。繁少年はその氷砂糖を七曲峠にたくさん落ちているものと思いこんでいたというのだから、まるでメルヘンである。あどけなさが目に浮かぶではないか。河野夫妻は、後に牧水の早稲田大学への遊学も援助して、ほんとにまったく我が子同然の可愛がりようだったのであった。

河野家の屋敷は都農町の中心部に位置し、敷地も広くて、手広く商売をしていたことが充分に伺える。

ついでに言えば、ＪＲ都農駅前には牧水の「ふるさとの尾鈴の山のかなしさよ秋もかすみのたなびきて居り」を刻んだ歌碑があるが、町の人たちに言わせれば「この歌は牧水が都農に遊びに来た時に作った」のだそうである。駅前で、実際に聞いた話である。

「都農からは、尾鈴山がきれいに眺められるじゃろが。しかし、坪谷の牧水生家からは尾鈴は見えんとよ」

言われてみればそのとおりで、都農の町からは、最も高い部分を中心にして尾鈴連峰を広々と眺め渡すことができるのである。これに対して坪谷の生家からは尾鈴連峰の端っこは目の前に横たわるものの、一番高い峰はなかなか確認できない。「ふるさとの尾鈴の山の…」は明治四十五年、牧水二十八歳の時、父立蔵が危篤ということでふるさとへ帰った折りに詠まれている。生家の裏山に登り、前面の山々を眺めつつ成立した作、と、もっぱらそのように伝えられているが、都農の人たちはまた自分たちの視角をもとにしてこの歌に親しむのである。牧水の姉が嫁入った町ならではのこと、と言ってよかろう。

第二の姉は第一の姉と違つて誠に静かな人である。第一の姉は快活で敏捷で、よし主人がゐなくとも、一人で立派に商売のやつて行ける人であるが、この姉は極く控目勝のおとなしい人である。そして彼女は幼い時から非常に文字を愛した。学校（と云つても、寺小屋風の）ものは云ふまでもなく、家にある古い稗史小説後には漢籍類まで取り出して読んでゐた相だ。或る日のこと、私の寝てゐる上に蚊帳を吊りながらこの姉がその諳んじてゐる何かの文句をいい口調で誦《くちず》さんでゐるのをうと〳〵として聞きながら、子供心にも私は言ひ様なき哀愁を覚えた事がある。後に私が同じくさうして読物類を好むやうになつたのも、その時の事などが非常に影響してゐる様に思はれてならぬ。性質から云つて私はまた最もこの姉を愛してゐた。或時はまた斯ういふ事もあつた。渓に釣りに行つて、帰つて来るなり何かの事に拗《す》ね出して私は物置の様になつてゐる或る暗い縁の隅に寝転つて半日あまりも起き様としなかつた。後では家人も怒つてしまつて誰一人手を付けようとしなくなつた。その時こつそりと私に握飯《むすび》を持つて来て呉れたのがこの姉であつた。一番目の姉と違つて子供は多勢あるが、今も極めて貧しく暮してゐる筈である。彼女の主人は私の村よりも更に山奥の小学校の校長をしてゐる。

（「おもひでの記」）

次女のトモは、この文で見る限り長女のスヱと好対照というか、スヱが活発だったのに対してとても静かで、読書好きで、他人をさりげなく思いやることのできるタイプだったと思われる。この姉が諳《そら》んじている何かの文句を口ずさむのを聴いているうちに哀愁を感じたという弟の感性が、また光る。幼い者にとって、これは文学に目覚めるための原体験となったのかも知れなかった。トモは延岡出身の小学校教師・今西吉郎に嫁《か》したから、「彼女の主人は私の村よりも更に山奥の小学校校長をしてゐる」のである。塩月真は『牧水の風景』の中で「繁の命名の発案者は、あるいは彼女であったかも知れない」と述べているが、そのような推測をしたい程に歴史物や小説、漢籍類までもよく読み親しんだ人だったようである。

そして、三女のシヅである。牧水は次のように書く。

最も不幸な、気の毒なのが第三の私の直ぐ上の姉である。彼女の二つか三つの頃、彼女を背負つたままその子守が敷居の所で仆れて、彼女の双方の脚を折つてしまつた。そして、たうとう癒る事なしに今日に及んで居るのである。尚ほその上にその時打つた為か或は生来《うまれつき》か、頭脳《あたま》も両人《ふたり》の姉などより余程鈍く、そして単純ではあるが不具者に伴ふ悪癖をも少なからず持つて居る。公然と他に嫁ぐ事もならず、日陰者同様に一生を私の家で送る事になつて居る。私はこの姉とは中学を出る頃まで実によく争つて、朝晩殆ど喧嘩の絶え間が無かつた。この姉に対するその頃の私の態度はまつたく無智そのものの様であつた。昨今では三人の姉のうち当時の気の毒さを思ふためか否か、私は最もこの姉に親しみを感じてゐる。

（「おもひでの記」）

幼少の頃に両足骨折を経験するなどとは、シヅは不幸な運命であったのだ。ただ、長女スヱは明治元年（一八六八）生まれで昭和二十八年（一九五三）死去、八十五歳だったことになる。次女のトモは明治三年（一八七〇）に生まれて昭和十三年（一九三八）、六十八歳で亡くなっている。これに対して、シヅは明治八年（一八七五）から昭和三十七年（一九六二）までを生きた。数え歳では八十八歳、米寿である。三人の女姉妹の中で一番長生きしたことになる。加えてスヱもトモも他に嫁して坪谷を出たのに対して、シヅは終生ふるさと坪谷で暮らしたから、坪谷の人たちの記憶には他の二人よりもシヅの方が圧倒的に記憶に強く濃く残っているようである。

水野アイ（大正十四年生まれ）さんは、戦後間もなくの頃に坪谷に嫁入って来たのだが、牧水生家には老境に達したシヅがいた。アイさんはシヅを「おシヅさん」と呼んでいたが、家の前を通るとシヅがいつも手で招いてくれていたという。「脚が不自由で、よく動けない人でですな」、だから、アイさんはシヅの代わりに薪を拾いに行ってやったり囲炉裏の火をつけるのを手伝ったり、水も汲んであげていた。火の焚き付けには杉の葉を採って来てやっていたのだが、シヅは済まなさそうに「焚き付け採りにもよう行けんとよねえ…お礼もできんけど…」と言っていたそうである。

シヅには二人の子があり、長女がキヌ、次女が春子といった。昭和四年（一九二九）に牧水の母マキが亡くなった後、坪谷の牧水生家には陶山《すやま》勲とキヌ夫妻がシヅと同居した。陶山氏は教員で、定年退職後は西郷村の教育長も務めた人である。昭和二十八年（一九五三）にキヌが亡くなって陶山氏は後妻を迎えたが、後妻の人はしばらくシヅの面倒を見てくれたのだという。西都市から坪谷の水野家へ嫁して来たアイさんは、キヌが亡くなる前後の頃からシヅと接していたことになるだろうか。

矢野開さん（大正十五年生まれ）は、坪谷生まれの坪谷育ちである。

「小学校の頃、学校の教室ごとに牧水の写真が飾ってあった。教室に入ると、すぐ上のところに、ですな。授業中に、先生が牧水のことを教えてくれていた」

そんなふうに習って育ったし、生家もすぐ近くにあるわけだから、牧水のことは言うまでもなく、若山家のいろいろについても記憶が豊富である。若山家は医を業としていたのだが、養蚕もやっていたそうで、

「今の牧水公園のあたりは畑があって、桑も栽培していました」

またシヅについては、

「シヅさんは馬小屋の横で鶏を飼っていましたな。卵を持たせては売っていた」

という。また、シヅは酒好き、焼酎飲みでもあった。十三夜、十五夜、十七夜、二十三夜待ちなど、人が寄って来てみんなで酒盛りをしていたそうである。坪谷の若山牧水生家で月見をしながら呑むというのは、なかなかに風情があったろう。

「自分から杖ついて、小田原提灯をぶら下げて焼酎飲みに行くこともあったですわな」

というから、余程に好きだったのだ。このことについては、郷土史家・矢野宝蔵氏からも「一日に一升を飲んだこともあった」との話を聞いた。そのように酒好きで、実際強くもあったが、また人柄が好かれたのであろう。いろんな人たちが身体の不自由なシヅの世話をしてくれた様子である。

第四章　牧水の原風景

若山繁という男の子

繁という名をつけてもらった男の子は、どのような幼少年期を過ごしたか。そして、ふるさと坪谷はどう意識されたのだろうか。

その人柄というか、性格を偲ぶことのできるエピソードがいくつか残っている。牧水は「おもひでの記」の中で「私の六歳《むつつ》の時であつたと思ふ」として、一家が坪谷の隣村の西郷村（現在の美郷町）田代へ移った時のことに触れている。大悟法利雄『若山牧水伝』によると、もともとそこには健海が少なくとも明治十四年頃には若山医院の出張所を設けて、健海・純曽・立蔵の三人が交替で出張診療を行っていたというから、基盤はすでにできあがってはいたのである。そして、一家を挙げて移った時のことは、「多分種々の事で村が面白くなかつたりまたは齢《とし》が齢で幾らか焦り気味も起つて来たのであらう」と牧水は書いている。一家をあげて田代の方へ移ったのだったが、「移り切りに移るといふではなく、謂はば出稼ぎの様な形であつた」のだという。事実、若山家が田代で医院を営んだのは明治二十三年（一八九〇）の二月から二十五年秋の頃までのわずか二年間余だったというから、まさに「謂はば出稼ぎの様な形」だった。それも、牧水すなわち繁少年は二十五年の春に田代尋常小学校に入学するものの環境になじめず、まもなく義兄の今西吉郎（二番目の姉トモの夫）が校長をしていた東郷村羽坂尋常小学校に転学し、学校へは山陰の叔父・若山純曽の家から通学した。

それはそれとして、二十三年二月に田代へ移る際に、当時は五本松峠という山道を辿らなくてはならなかった。引っ越しの日、母は歩きで、そして繁少年は古めかしい駕籠に乗せられ、村の人たちに見送られて出発した。坪谷の家のすぐ裏、和田越しを越えて西ノ内川の谷筋を辿りながら奥へと入って行く山道である。やすやすと越えられるものではなかったと思われる。牧水は、後年、エッセイ「狐か人か」の中で峠の全行程を「五里余りもある」と回想している。山の中の五里つまり二十キロというなら、なまなかな距離ではない。峠頂上あたりの標高は六百メートル余はあろうかと思われるが、先の七曲峠と同様、現在はほとんど通行不可能な状態である。

この峠路を辿るのに、若山家は駕籠を使った。さてその駕籠に乗せられた繁だが、もうほとんど五本松峠の頂上にさしかかろうというころになってから、自宅に飼ってかわいがっている「こま」という名の三毛猫のことを思い出した。繁と大の仲良しだったのである。それで、

「こまを連れて来たか」

と訊ねると、

「否《いい》え」
との答えが返ってきた。これで大変なこととなった。

さア私の癇癪玉は破裂した。あらん限りの声を出して泣きわめいてたうとう駕籠からころげ出してしまつた。そして、其処の路傍にふんぞり反つて如何しても動かない。どうでも「こま」を連れて来いといふのださうである。手をつくして嚇《おど》しつ賺《すか》しつしてみたがどうしても諾《き》かない。たうとう一緒にゐた一人が連れに行く事になつて、そのまま我々だけ先へ行かうとすると、また泣き立てた。「こま」を連れて来るまでどうしても此処で待つてゐるといふのだ相である。其処はもう私の家から二里ほども離れた山の中である。幾ら急いでも往復には相当の時間がかかる。それに都合よく猫を捕へることが出来ればいいがそれも怪しい。途方に暮れた母や一行の人たちは呆れ驚きながら更に手強く嚇しもし賺《すか》しもしたが、耳にも入れない。まるで死ぬ様に騒ぎ立てて果しがない。終《つひ》には母まで半ばは泣きながら一行の人達に詫びを言つて其処で猫の来るのを待つことになつた。

（「おもひでの記」）

峠の頂上近くで、これはとんだ駄々を捏《こ》ねたものである。「といふのださうである」という書き方をするからには、牧水自身は記憶になく、誰からか幼時のことを聞かされての記述のようであるが、こんなとんでもない騒ぎを起こしておいて、得てして当人は覚えていないものなのかも知れない。

大好きな猫がいないことに癇癪玉を破裂させて、どうしても連れて来い、連れて来るまでここを動かぬ、と言い張る繁少年は相当に強情で、わがままである。そんなにも「こま」への愛着が強いのならば、自分も一緒に行って連れて来れば良さそうなものなのに、そこまでの健気さはなかったようであり、強情かつわがままな態度の裏側には、実はなんのことはない、周囲の人達への甘えがべったり張り付いていたのでもあったろう。

何時間であつたか、高い山の上での徒然《つれづれ》な時間が過ぎて漸く下の方から心細げに鳴く猫の鳴声が聞えて来た。いちはやくその声を聞きつけた時、私は今までに知らぬきまりの悪い様な、悲しい様な、言ひ様のない思ひをしたのを覚えて居る。山が下り坂になつた時、この強情な児を虐めてやれと思つたか、駕籠を担いでゐた二人の若者は脚に任せて走り出した。駕籠の中には六歳になつた私と大きな猫の入れられた魚籠《びく》とがごろ〳〵と転げ合つてその痛さ苦しさと云つたら無かつた。でも私は我慢に我慢を重ねて終《つひ》に一声も泣かなかつた。

自らの強情、わがままを完遂し得たが、その際に満足などなかった。きまり悪さ、悲しさのような言いようのない思いが湧いた、というのである。六歳頃の少年がこの言葉通りの感情に悩んだか、どうか。もしかしたら、これは大人となって静かに往時を顧みる時の思いも混じっていたか。でも、そうだとしても繁少年が単純に猫の一件を満足したのでなかったことは充分に推察できる。一方、駕籠を担いでいた二人の若者の乱暴な走りぶりは、これはほんとに無理もなかったろう。

察するに、若山家のわがままな甘えん坊に対して相当に業を煮やしていたのである。だが、繁少年は駕籠の中で耐えに耐えた。己れのしでかした行為にそのようにして責任をとったと言えるので、このわがままな甘えん坊はやはり並の子供ではなかった。

牧水は幼時から備わるそのような自らのやっかいな性情について自覚しているらしく、「おもひでの記」ではもう一つ幼時のエピソードを書いている。

幼い頃私には斯うした強情な我儘な性情が多量にあつた。矢張りその歳かその翌歳かの事であつた。田代村に移つて幾らもたたない頃の事で、丑蔵と云ふ村でも有志の中に数へられる一人の男が私の凧を上げて遊んでゐる所へ通りかかつて会釈《えしゃく》の積りであつたか一緒になつてその凧を上げて呉れた。ところが、彼の手で上げられてゐた凧が急に蜻蛉返りを打つと共に水田の中へざんぶりと落ち込んだ。それを見ると同時に私はこのよくも見知らぬ男に向つて必死になつて飛びついた。そして全身の力を挙げて泣き喚《わめ》きながらその男の手と云はず、脚といはず、当るところを引き掻き、噛みついた。新しいのを直ぐ買つて来るからと狼狽《あわ》て騒いで宥《なだ》めかかつたが聴かばこそ、この小さな子供一人をほとくに持て余してゐたところへ漸く母が馳けつけて来た。

要するに五本松の時と同様、人のちょっとした過失を責めて癇癪玉を破裂させる性情がここでもいかんなく発揮されてしまっているのである。ただ、ここで登場する丑蔵なる男は先の駕籠担ぎの若者たちとちょっと違った反応をしており、彼は繁少年がようやくおとなしくなった時その顔を見守りながら母マキにこう言ったそうだ。

「この子供が若し偉くなるとすれば大したものだ、間違ってまた悪くなるとしたらそれも普通《ただ》では済まない」

実は丑蔵と繁少年のやりとりはマキも家の縁先から見ていたので、この批評がひどく胸に響いた。だから、その後もなにかにつけてこの時のことを話題にしたのだという。

丑蔵は、この一件以来、繁少年を常に可愛がった。暇さえあれば山や谷へ遊びに連れて行ってくれたそうである。つまり、丑蔵は、繁少年を良いも悪いも大物になる、と見てとった。事実、繁はその後「若山牧水」という大文学者となったのだから、予言は的中したことになる。丑蔵は強情でわがままなガキに愛想を尽かすどころかひどく可愛がったわけであり、単に強情でわがままで甘えん坊というのでない、なにものかを有した子であることを直感していたのだった。人を見る眼のある男だったことになる。

牧水は続けてこう回想する。

田代村には三年程もゐたかと思ふが、彼はその間に於ける私の唯一の遊び仲間で、後にはよく彼の家へ連れられて泊りに行つた。私たちがその村を去つて旧《もと》の村へ帰つてからも彼は折々私を見るために五本松峠を越えてやつて来た。その頃はまだ四十には間のある齢《とし》であつたが、人の嫌ふ病気が身にあつたとかで、仕舞にはたうとう自分からずつと山奥の炭焼小屋に引き籠つて其処で死んで了つた相である。丑といふ名のよく似合ふ大きな、人の善い男であつた。休暇などに帰って五本松峠を見る毎にこの男の事をよく思ひ出した。

得てして好人物は薄倖の生涯を送る場合がある。ここに回想されていることが事実であるなら、丑蔵もまたそのようなかわいそうな運命を辿った一人だった。しかもみずから山奥に引きこもって一生を終えたというのだから、そのような点にも丑蔵の人柄が窺える。彼のことを偲ぶ牧水の筆致はしみじとして味わいがあり、牧水はよほどこの人に馴染んでいたと思われる。

田代の村で繁少年の唯一の遊び相手を務めてくれたこの「丑蔵」の実の名は、藤田丑五郎である。若山家は田代でのたった二年余の生活の中で三度住まいを移しているが、大悟法利雄『若山牧水伝』によれば三度目の間借りをした家は他ならぬ藤田丑五郎宅であった。だから、「後にはよく彼の家へ連れられて泊りに行つた」どころではなかったのであった。ただ、牧水は田代での生活の最後の年つまり明治二十五年（一八九二）には義兄を頼って羽坂尋常小学校へ転校し、山陰の純曽宅に住んでいるので、藤田宅で生活したことはないかも知れない。

丑五郎は田代村小川の若山分院のすぐ横に住んでいた人で、大正六年（一九一七）十一月三十日に五十歳で亡くなっている。牧水が田代村へ来た頃は、まだ丑五郎は「四十には間のある齢《とし》」よりもずっと若い二十歳代半ばの元気な青年であったことになる。藤田家は現在もまだ昔の場所にあり、訪ねて行ったところ、曾孫にあたる藤田福一氏は、

「丑五郎は、主に炭焼きをして暮らしておったらしいな。牧水をよう釣りや水浴びに連れて行きよったてじゃがね」

と、小さい頃両親や祖父母から伝え聞いたことを語ってくれた。

「どのへんで川遊びしてたんでしょうかね」

と訊ねると、福一氏はすぐ近くの小さな谷川でなく、もう少し向うの方を指さして、

「囲の平《かこんした》ちゅうところ」

と教えてくれた。そこらは下流の耳川本流から鮎も上ってくるそうである。

そうした思い出は印象深くあるとしても、田代村での生活は繁少年にとってあまり面白いものではなかったようである。右の思い出話のあとに、村での生活は「誠に寂しい時間であつた」として、こう書いている。


私の旧《もと》の村より更に辺鄙な山奥で、付近の子供達にも一人として遊び仲間になる様な者がゐなかつた。軈《やが》て小学校に行かねばならぬ齢《とし》になつたがどうしても出るのが嫌で、幾ら叱られても出席しなかつた。よく〳〵の思ひで自宅《うち》を出ても、途中の谷で独りで終日を遊び暮して——夕方ぼんやりと帰つて来た。斯んな癇の強い子を余り叱るのもよくあるまいといふ訳で、後にはたうとう学校を休む事を許されてその代り自宅《うち》で何かを習ふ事になつた。

その間、私の最も多くの時間を費したのは谷間の釣りであつた。坪谷村《つぼやむら》の谷よりも小さかつたが、家の前を同じく一つの谷が流れてゐて、狭いままに浅い瀬といふものがなく、巌から巌を伝うて滝と淵との連絡した様な木深い蔭の流れであつた。其処に一心になつて釣つてゐると、後から探して来た例の丑蔵がよく斯んな処へ独りで来られると言ひながら一緒になつて釣つて呉れた

りした。

こう書いているからには、すぐ近くの川で一人でよく遊んでいたのである。もっと遠くの囲《かこ》の平《ん した》へは幼い子には一人では危険だから、そこで丑五郎が付いて行ってやったのであろうか。

それにしても、なにかと自分だけで遊びたがる少年であった。田代村での生活というか、そこの子たちとはどうしても仲良しになれなかったのだった。繁少年がどうしてそんなにもなじめなかったかは、今となっては辿る術もないが、他の子たちと交わらぬ代わりに独り谷間で釣りをしている。余程に自然の中で遊ぶのが好きだったかと思われる。こうした自然児的な性向は、文学者・若山牧水の全体像を考える時に不可欠な要素と思われる。

小川の若山医院跡は、今は建物もなく、田んぼになっている。敷地の隅に小さな石標が建てられ、表に「若山分院跡」の字、裏に牧水の短歌「めぐりあひて友がやさしき恋がたり酒よ冷えざれ梅寒き宿」が刻まれている。明治三十七年一月八日と九日、当時延岡中学五年生であった牧水は冬休みを利用して坪谷から五本松峠を越え、田代村の友人・小野葉桜（本名は岩治《いわじ》）、小野紫苑（本名は兵太郎）と遊んだが、その折りの作である。

牧水の性格を示す挿話をもう一つ挙げてみよう。若山家は明治二十五年秋には坪谷の元のところへ帰り、繁少年も坪谷尋常小学校に途中編入したのだが、それからのことを塩月真『牧水の風景』で知ることができる。坪谷本村の同級生・日高与吉氏が語ってくれた話として、次のようなエピソードである。

若山分院跡

そのころの話には、欠かせないエピソードがある。与吉さんは〝指輪〟事件と言った。

三年か四年のころ。ちょうど日清戦争のおりの話だ。昭和ヒトケタより年配者には、日中戦争から太平洋戦争にかけて苦い思い出が伴う〝ぜいたくは敵だ〟が、その当時も盛んに言われたらしい。

ある日、同級の女生徒の一人が、母親の指輪を教室に持ってきていた。得意気に他の女生徒に見せびらかしている。

それを見つけた男子生徒の一人がそれを無理やり取り上げた。牧水が、使えなくしておかなくちゃまた持ってくるかも、と言うんで石垣のところに持って行って、石でたたきつぶしてしまった。

与吉さんは、

『若山君は、そんな正義感の強い、思い切ったことをする男だった』

と、語る。

妻のカノさん＝同七十四歳＝も、

『牧水さんじゃったかどうか、よう覚えちょらんが、私も指輪をとりあげられた一人じゃった』

と、傍らで合いづちを打った。


塩月真は、この話を紹介したあとで「与吉さんの話には歳月と、世に知られた同級生への思惑から多少の誇張があろう。だが、そうした事実が少年牧水の周辺にあったことは間違いない」と述べている。若山繁少年の正義感の強さ、というに止どまらない。他人との妥協を頑迷に拒んで己の考えを通さねばすまない性格の激しさが備わっていたのは、否定出来ないのではなかろうか。

坪谷という原風景

坪谷《つぼや》というところについて、牧水自身はどう意識していたろうか。「おもひでの記」の中で、自分の生まれた村は「山と山との間に挟まれた細長い峡谷」である、南には尾鈴山が険しい断崖をあらわにして聳え、いっそう峡谷らしさを与えている、村の長さは東西に四五里、自分の生家はその細長い村の入り口に当たっている、というようなことを述べた上でこう語る。

此処に新たに家を建てた事に就いても私は祖父を並ならぬ人の一つに思はざるを得ぬのである。それはその場所が付近でも際立つて優れた好位置にあるからである。或は他に理由があつたか、若しくは偶然であつたかも知れぬが、私には矢張りそれが彼に山川を見る眼があつた故だとのみ思はれてならない。家は村を貫通する唯一の道路に沿い、真下に渓に臨んで居る。そして恰度その渓は其処まで長い滝の様になつて落ちて来た長い〳〵瀬が、急に其処で屈折して居るために其処だけ豊かな淵となり、やがてまた瀬となつて下り走り、斜め右と左とに末遠くその上下の渓を展望する事が出来る地位にある。彼はその自家に名づけて省淵廬《しやうゑんろ》と呼んだ。膳腕入の箱にまで省淵廬々々と書き散らしてある。そして村の眺望の基調を成してゐる尾鈴山をば殆んど正面に、而してまたやや斜めにその全体を眺め得る様な地位に当つて居る。

健海はその家を初めは「青瀬廬」と呼んだのだが、後になって「省淵廬」と改めたらしい。愛着があるからこそそのようなこともしたのであろう。さらに、これを読むとその孫である牧水もまた祖父以上に生家を愛好し、立地する場所やまわりの風景を好ましく思っていることが分かる。人は誰も自分の生まれ育ったふるさとを「原風景」として有するわけだが、牧水の場合、ほとんど何の違和感も抱かなくて済むくらいにその原風景を語ることができる。これは、とても幸福なことと言える。まだ続きがあるので、読んでみよう。

晴れた日も悪くはないが、私の家の眺望は雨の日が特にいゝ。それは雲と山との配合が生きて来るからである。元来この尾鈴山はその南面の太平洋に臨んだ方は極めてなだらかな傾斜で高まつて来て四千尺近い頂上となり、急に北に面して削り落した様に岩骨を露はしながら険しく切れてゐるのである。常に陰影《かげ》の多いその山の北面には、晴れた日でもよく雲を宿してゐるが、一朝雨降るとなると山全体が、いやその峡谷全体が、真白な雲で閉ざされてしまふ。そしてその雲の徂徠によつて到るところ襞の多いその嶮山が恰も霊魂を帯びたかの様に躍動して見えるのである。

生家からの眺めについて、牧水は晴れの日よりも雨降る日の方を讃えるのである。実際の生活では、晴れている方が都合良いに決まっているだろう。もともと谷あいの地は湿りがちなところへ、雨が降ればいっそう湿度は高くなる。普通に考えれば、けっして気分よくなれぬものである。それを、牧水はあえて山全体が雲で閉ざされて美しい、険しい山に厳粛なオーラが漂って惹かれる、というのだ。「おもひでの記」だけでなく、エッセイ「追憶と眼前の風景」の中でも同様のことを詳しく書いており、雨降るふるさとはよっぽど深く心に染みこんでいるに違いない。というか、無条件に癒されているように思える。

それから、第二章「若山家物語」で見てきたように、明治の世の中になって他国から坪谷へ流れて来るよそ者のことは「濡草鞋」と呼ばれていた。もともと祖父の健海からして関東の所沢くんだりからやって来た「濡草鞋」だった。その健海自身はよそ者が頼って来てもあまり世話を焼かなかったようだが、父・立蔵は違った。家に山師や流浪者や出稼ぎ者やらが入れ替わり立ち替わり頼って来ると、ちっとも拒まずに誰彼となく歓迎した。連中はおおむねかんばしからぬ者で迷惑をかけることが多く、さすがの立蔵も懲りた懲りたと愚痴ることもあったという。しかしそれでも彼らのために無用のことを起こしたりして、財産もなくし尽くすほどであった。そんな父のふるまいを母マキは朝に夕に嘆いたらしいが、息子の繁少年はどうであったか。

母の朝夕の嘆きを眼の前に見てゐるので、理も非もなく彼等をよくない人たちだとは思ひながら、私は知らず〳〵彼等他国者に馴付《なつ》いてゐた。彼等はまた方便として私を可愛がつて呉れたのであらうが、兎に角に私は自分の村の誰彼よりもさうした人たちをみな偉く、且つなつかしく思つてゐた。鉱山師の高橋さんといふ四国の人、私の村に興行に来て病気になり、其儘永い間私の家に留つてゐた何とか丸といふ旅役者、他人《ひと》の女房を盗んで逃げて来たといふ綱さん、自分で放《ひ》つた屁の臭《にほ》ひを愰てて嗅ぐことを好んだ何齋さんとか云つた旅医者、ゆでたての団子のさむるのを待ち兼ねていつも水に投げ込んで冷して食つた性急《せつかち》の高造爺、思ひ出して来るとみなとり〳〵になつかしい。いま思へば彼等はみないはゆる敗残の人々であつたのだ。そして私は彼等の語る世間話と、いつとなく読みついてゐた小説類とで、歳にはませて早くも世間といふものを空想するることを覚えてゐた。ちやうどそれはをりをり山の頂上から遙かに光つてゐるものを望んで、海といふものを空想してゐたと同じ様であつたらう。

（おもひでの記）

牧水の馴染んだ「濡草鞋」の鉱山師や旅役者、旅医者、せっかちな爺さんらが入れ替わり立ち替わり牧水の生家に泊まったことを思うと、田舎の医院というより「木賃宿」が連想されてならない。そう、旅人が米を持参し、木賃すなわち薪代程度の安い料金を支払って泊まる宿屋。放浪の俳人・種田山頭火はこの類の宿に泊まって旅を続け、自身のことも同宿する人たちのことも「世間師」と呼んだ。牧水のいわゆる「濡草鞋」とはすなわち山頭火の表現した「世間師」に似ている。そういった人たちを見て育つのだから、これは良い意味でも悪い意味でも刺激的であったろう。牧水は山の頂上に立って海をあこがれるのと同じように、濡草鞋たちを通して世間をあこがれた。つまり、ふるさと坪谷は、大自然も人間達も共に感性豊かな若山繁少年を刺激し育んで止まなかったのだ、と言えよう。

ところで、牧水には「秋草の原」というエッセイがある。四百字詰め原稿用紙に五枚程度の短いものだが、味わい深いエッセイである。牧水は、自分の生まれ育った家が村の入り口にあたることや、渓がそこだけ湾曲し、深い淵となっているが、家の二階からその大きな淵を見下ろすのは、殊に月の夜など良かったことを記した後、こう続ける。

家の背戸口から直ぐまた他の小径がついてゐて背後《うしろ》の小山を越す様になつてゐた。それを越すと、其処にはまた別の渓が流れてゐて、それからそれと幾つとなく折り重なつてゐる小さな山脈の間にその渓谷だけの流域ともいふべき比較的平らかな一区画が出来てゐた。元来が極めて平地に乏しい山地のことでその渓の両側などかなり克明に手を着けて小さいなりの田なり畑なりに開墾せられてあつたが、それでもまだ山ともつかず森ともつかぬ灌木林風の荒れた平野が沢山残つてゐた。不思議な事にはこの渓ぞひには人家といふものが一軒もなかつた。私の物心のつく頃になつて四国者だといふ夫婦が来て始めて一軒の小屋を建て、瓦焼きを始めたのであつたが、今でも続いてゐるかどうかと思ふ。

牧水生家のすぐ裏へ、つまり和田越えを歩くのだから、昔の村の道である。明治三十六年（一九〇三）に坪谷川沿いの県道が開設される以前は、これが村の出入り口をなす道であった。和田越えした裏には、現在、坪谷中学校がある。さてその「比較的平らかな一区画」ができていたのは、西ノ内川の流れる一帯以外に考えられないが、少年にとってどんなところであったか。何と言っても、眼を喜ばせるものが豊富にあったのだ。ちょっと長くなってしまうが、牧水の筆致はとても活き活きしているので引用してみると、

この渓ぞひの灌木林に秋になればよく栗が落ちた。他の雑木は少し大きくなれば悉く木炭《すみ》に焼いてしまふが栗の木だけは駄目なのださうな。その栗を拾いに私たちはよく出かけた。点々として立つてゐるこの栗の木の周囲が、今考へれば殆んど萩だつたらしく思ひ出さるる。ほんとに深い萩の原であつた。萩ばかりでは無からうが、到る所の雑木に、灌木に、このこまかな木の混つてゐない所は無かつた。身を屈めて落葉の間に落ちてゐる木の実を拾ひながら、時々腰を伸ばして見回せば必ずの様に其処等に咲き枝垂れてゐるこの薄紅の花びらが眼についた。萩と云つてもなかなか大きい。枝垂れてゐるのですら子供の私たちより遙かに丈が高かつた。よく熟してゐない栗に出逢ふとその木に登つて枝を揺り動かしながらまだ青い様な実を落して取つたものだ。梢から下を見ると萩が茂つてゐて其処に待ち受けてゐる友達の姿など見えはせぬ。「いいか、落すぞ！」と叫びながら力一杯枝を揺《ゆす》るとその茂みの中へばら〳〵と音を立てて青い毬《いが》が落ちて行つた。

この原には茸もよく生えた。大抵栗の落ちるのとあとさきで、栗を詰めた手籠の上に見ごとなしめぢやねず茸を載せて持つて帰つたものだ。茸のあるところは栗より範囲が広いので、探すのに骨は折れたがそれだけ楽しみであつた。それに私は友達大勢と斯ういふことをするのが嫌ひで、大抵は自分一人か、乃至《ないし》は母と一緒位ゐであつたので、いつもひつそりとその広い雑木の原を屈みながら探して歩いた。萩のほかには女郎花が最も多かつた。林が伐り開かれて明るくなつてゐる草原などにはこの花が高々と茂つて咲いてゐた。白い花の男郎花《をとこへし》といふのも混つてゐた。

栗の木が実を結び、それを拾いに来る少年。そこはまた、萩の花が咲き乱れる場所でもあったのだ。栗の木に登り、下を見れば、萩の茂りが友達の姿を隠すほどであった。萩が子供達の背丈を凌ぐほどだったというからには、ほんとによく茂っていたろう。しかし、まだもっと繁少年を喜ばせるものがあって、それは茸。「しめぢ」は湿地茸《しめじたけ》、「ねず茸」は「鼠茸《ねずみたけ》」、別名ホウキタケのことであろう。花も、萩だけでなく女郎花や男郎花も眼を楽しませてくれる。これはまるで楽園、ワンダーランドである。秋の季節だけでもこんなに楽しみが多いのだから、冬の寒い時期はともかくとして、春も夏もそこは魅力溢れる一帯だったはずである。

牧水が書いたとおりに歩いてみると、和田越しを越えた向うにはすぐ下に坪谷中学校の建てものやグラウンド、左手に田圃が広がる。さらにその先を西ノ内川が流れ、対岸つまり川の左岸は杉林になっている。かなりよく伸びているし、鬱蒼と茂っている。だが、木々の茂りを透かして見つめてみると、明らかに川に沿った平地であり、牧水のいう「秋草の原」が徐々に想像されて来る。土

西ノ内川

地の人の話では、ここは戦前までは相当に広い原野で、萩や溝萩がいっぱい茂り、ところどころには野栗も生えていたのだという。付近の子供達の格好の遊び場になっていたそうだから、牧水の書いたような雰囲気は確かにかつて存在したのである。ちなみに、西ノ内川は「イオノボリガワ」とも呼ばれていたという。つまり、下流から魚たちが昇ってくることからそのような愛称がついたのだったろう。

こういうワンダーランドの思い出を再現するに際して、牧水は栗の実を落とす場面では自分だけでなく友達と一緒にそれを行なったと書いているが、茸探しに至ると「私は友達大勢と斯ういふことをするのが嫌ひ」だったと書いている。繁少年は田代村の小川にいる時分はちっとも近くの子供達と交わらなかったが、坪谷ではそうでもなかったのだ。つまり明治二十三年、若山家は田代村に移る。二十五年、繁少年は田代尋常小学校に入学。だが、間もなく義兄・今西吉郎が校長を務めていた東郷村の羽坂尋常小学校に転校し、学校へは山陰の叔父・若山純曾宅から通った。繁少年にとって、田代村の生活はその時点で終わる。そしてその年の秋、若山家自体が坪谷へ帰ったので、繁少年も坪谷尋常小学校へ転校するのである。坪谷へ戻ってからは、かたくなに他を拒絶するような面はなかったらしいから、「おもひでの記」にも村の子たちが登場するのである。だが、それでも「私は友達大勢と斯ういふことをするのが嫌ひ」だったとあって、そこがまた少年時代の若山繁が抱えていた世界だったかと思われる。そして、「秋草の原」の中で続けて次のようにも語る。

尚ほ私の忘れられないのはこの原のあちこちに流れてゐる小流れで魚を釣ることであつた。それは渓とも云へない位ゐ小さな流れで、大抵一尺か二尺の幅で流れてゐて、それが其処此処で小深い淀みを作つてゐる、その淀に棲む魚を釣るのである。勿論流れの上には藪が掩ひかゝつてゐるので、竿とても二尺か三尺の長さのものしか使へなかつた。人といふものを知らぬ魚どもなのでなか〳〵よく釣れた。種類はきまつてゐて鮠《はや》かあぶらめといふ小魚、どうかすると蟹や鰻などの出てゐることもあつた。いつといふことも無かつたらうが、この釣の記憶も必ず秋の季節に係つてゐる。岩から岩を濡れながら這ひ歩いて釣つてゐると、思ひがけぬ見ごとな栗がその淀みのなかに落ち溜つてゐる事などもあつた。折々眼を上げるとその流れの上には例の萩の花がしつとりと咲き垂れて居る。ほがらかな秋の日は背に流れて、どうかするとその渓間の空にほの白い昼の月の懸つてゐるのを見ることもあつた。水でも飲みに来てゐたか、野兎の子の聰《さか》しい眸が不思議さうに岩の蔭からこちらを向いてゐたこともあつた。

まことに美しい風景ではないか。狭い小川の中に鮠やあぶらめ、たまには蟹やら鰻までもが姿を見せるのだ。子供にとって、なんと蠱惑《こわく》に満ちた流れであることか。少年時代の牧水がいかに釣り好きであったか如実に知ることができるのだが、それにしてもこれは独りで釣り歩いているのだろう。そうでなければ萩の花がしっとりと咲き垂れていたことや栗の実が淀みに溜まっていたこと、さらには谷間の空に昼の月が懸かっていたり野兎がこちらを不思議そうに見ていたことなど細かく記憶に刻まれたりはしない。独りの少年が、じっくり時を過ごし、自分一人の眼で見て頭脳に刷り込んだ風景である。そして、このような少年時の記憶を、歳を経てその場に行って確かめてみると、どうなるか。牧水は正直に語る。

私は十歳の時限り、殆んど離れ切りにこの故郷を離れたと言つてもいゝ。その後、稀《たま》に帰る事があれば必ずこの原に出かけて行つたが、その時ごとに幼い頃の記憶とは似もつかぬ狭苦しい原であるのに驚かされた。見回せばいかにも萩が茂つてはゐるが、心のなかの記憶の原は行けども行けどもはてしのない広い原で、到る所に萩が咲き、栗が稔り、水が流れ、有明月が懸つてゐる。さうした原であらねばならぬ。不思議とまたさうした原の実在が信ぜられてならぬのである。さうして、夏も末、萩の花のほころびかける頃になると私は必ずの様にこの原のまぼろしを心に新たにするのである。
（「秋草の原」）

こういう述懐に接したら、微笑《ほほえ》まずにはいられない。なぜなら、幼少の頃に広く大きく見えていた場所が、大人になって再訪してみると情けないくらいに狭く小さいところでしかなかったという経験は、誰でもが一度は味わう記憶と現実との著しくもせつないギャップだからである。牧水はそれを正直に披瀝したに過ぎない。だがそれだけで終わらないところにこの人の非凡さがあるので、現実の原がいかに幼い頃の記憶とは似ても似つかない狭苦しいものであっても、心の中に生きている風景を否定しない。なぜなら、それは自分の中にずっと消えることなく在り続けて来たものであるから、軽々しく否定するわけにいかないのである。だから、夏の終わり頃、萩の花が咲く頃になると、「必ずの様にこの原のまぼろしを心に新たにする」こととなる。そして、栗が実り、茸が生え、萩が咲く、小川には鮠やあぶらめや鰻が顔を見せる、時には空に昼の月も浮かぶような原は、まぼろしであると同時に牧水にとってかけがえのない「原風景」である。豊かな詩心を有する者の本領が、ここに遺憾なく発揮されている。

幼《をさな》き日ふるさとの山に睦みたる細渓川《ほそたにがは》の忘られぬかも

牧水は大正七年刊行の歌集『さびしき樹木』のなかに右の歌を載せている。この歌の「細渓川」は、やはり生家の前を流れる坪谷川であろうか。いや、そうとは限らずにこの「秋草の原」に描かれた西ノ内川も「細渓川」にきっちり加えて良いような気がする。

第五章　ワンダーランド坪谷

山で遊ぶ

前章で話題にした「秋草の原」には幼少の頃に野外に親しんだ様子が偲ばれるわけだが、「おもひでの記」の中でも、牧水は、幼少年時の自分たちの遊びはほとんど「天然を対手としたもの」だった、と回顧している。凧揚げ・根っ木・かくれんぼなども稀にはやっていた。ゴム毬を使った遊びは牧水こと繁少年が初めて村に「持ち込んだ」遊びらしいが、なんにせよそういう遊びよりもとにかく山や川で遊ぶ方が圧倒的に多かったらしい。そして、夏は川に集まるが、四季を通じて子供らが親しんだのは山や林で、「何といふ事なく、殆んど常に山の中に入り込んでゐた様に思ふ」と言う。

それでは、山でどんな楽しみがあったか。

冬から春にかけてはいろ〳〵な係蹄《わな》をかけて鳥や獣を捕る。蕨、ぜんまいを摘む。椎茸を拾ふ。拾ふといふのは、椎茸山の旧くなつたのをばもう持主の方で構はぬので誰でも自由に入り込んで取ることが出来た。勿論新しい本仕掛の山の様には取れぬが、それでも沢から沢の古山をあさつて行くとかなり沢山取ることが出来た。椎茸は秋にもとるけれどこれは人造で、自然に出るのは春である。

（「おもひでの記」）

さすが坪谷に生まれ、自然に囲まれて育っただけあって椎茸拾いの記述一つを挙げてみても具体的で、実際のことをよく知っている。牧水に限らず、いったいに昔の子供達はこのようにして鳥や獣を捕らえたり、山菜採りをさかんにやったりしていたのである。獲物の鳥や獣は生かして養うこともあったが、しばしば焼いたり煮たりして食べる。山菜は、当然、食膳に上ることとなる。言い換えれば、遊びは、食料調達のための行動でもあった。それも、椎茸を採るのには「本仕掛け」つまり人の手で栽培されている場には踏み込まない。迷惑をかけずに遊ぶという大切なマナーを、ちゃんと実践していたのだった。

山の中では時折り出くわすものがあった。それは、猿である。

或時、椎茸拾《なば》ひ（私の方では茸類を総じてナバと呼ぶ、そして椎茸が殆んどナバの総称の様になつて居る）に出かけて十疋あまりの猿の群に逢ひ大いに驚いた事などあつた。猿は椎茸を食ふのでもないらしいが、木に生《は》えてゐるのを、好んで両手で捩ぎ取る癖がある。で、大きな山では茸の発生する頃には毎晩その番に行かなくてはならなかつた。椎茸山は一体に湿潤な、水のある所でなくてはならぬので必ず沢の谷合に設けられ、番小屋もその側に建てられた。夜が更けて闇が深く其処らに猿の鳴き声が聞え出す頃になると、鉄砲を打つのである。多くは空砲だが、月明の夜など稀に弾をこむることもあつた。今は次第に山が浅くなつて、容易に猿を見る事も少なからうと思ふ。

（「おもひでの記」）

坪谷周辺の山では、このように猿が出没して椎茸栽培の場を荒らすことがあったのだ。牧水は「今は次第に山が浅くなつて、容易に猿を見る事も少なからう」と書いているが、この「おもひでの記」執筆は大正時代の中頃である。その頃に、自身の幼かった明治二十年代を回顧しているのである。しょっちゅう山へ入って遊んでいた少年が、ある時、猿の群れに出会って驚いているわけで、とすればそのようなことはしょっちゅう起きていたのではなかったのである。では、さて平成の世になって日向市東郷町坪谷あたりの山々はどうなのであろうか。近頃、群れをはずれた猿が時折現れるらしいし、鹿の出没は頻繁である。ひょっとして、あの頃よりも猿や鹿や猪といった山の獣たちはむしろ多く現れるのではなかろうか。

牧水の山遊びの話は、まだまだある。

それから節松掘り、これなども今は殆んど断えたであらうが私共の頃には盛んであつた。山の深い所の朽葉や土を掘つて、其処に埋つてゐる倒松の朽ちたのからその節の所を切り取つて来るのである。これは燈明用に用ゐられた。焚火の大きな爐の隅の所に二尺ほどの柄のついた網目の台が立てられて、その台の上でこの節松の細く割つたものを燃すのである。謂はゞ室内篝だ。この怪しい燈明の下で私どもは暫く本を読んだものである。其後ランプといふものを用ゐ始めたのは私の家などが先づ最初であつた。筍も随所の藪に入つて取る事が出来た。　（「おもひでの記」）

松は脂が多いことから根っこを掘り出しておいて貯蔵し、灯りの原料とする習慣が昔からあったが、ここでもそれが分かる。

先ほども述べたとおりで、実に子供の遊びはただ単に遊ぶのではなかった。遊びながら、それは即、日々の営みを助ける食料や用品の調達作業ともなっていたのだ、と改めて思い出させてくれる。昔の子供達は、このように、遊びながら無意識のうちに生きる力を身につけて行ったのである。

秋は山の最もうれしい時である。椎拾ひ、栗拾ひ、通草《あけび》とり、山柿とり、から始まつてやがて茸取りとなる。秋の山には実に種々の茸が出た。今は名も忘れたがしめぢ、かぶたけ、かうたけ、いゝねずたけなどといふのもあつた。松茸は山深く行かねば取れぬので子供には手が及ばなかつた。それから私の最も好んで為たのは山芋掘りであつた。これは山にある自然薯《やまいも》を見出して掘るのであるが、これの蔓は秋になれば枯れて節ごとにばら〳〵に切れ落つるのでその根の所在を発見するのがなかなかの難事であつた。身を動かせば動かすほどばら〳〵に散つてしまふので、なるたけ静かにしてゐながら枝から枝の切蔓を追うて眼を移すのである。秋の山の朗らかな日光のなかに蹲踞《しゃが》んでこれを為るのが何とも云へず楽しみであつた。それだけに上手で、いつも大人を負してゐた。荒い土を掘つて白いその根の次第に太く表れて来るのも嬉しかつた。（「おもひでの記」）

子供による遊びながらの収穫だが、山からのいただき物のなんと豊富にあることか。それに、椎の実拾いや通草、山柿採りなどはまだしも、茸となると子供にしてはえらく詳しい。よほどに山に深く馴染まなくては無理であろう。松茸は、さすがに繁少年にも手が届かなかったらしいのだが、戦後の日本はあちこちの地方で松食い虫のために採れなくなったなどと知ったら牧水はさぞかし残念がったことだろう。また、自然薯掘り、これになると大人でも腕力と根気強さが要る。一般に、酔っぱらって他人にネチネチと絡むことを「山芋を掘る」などと揶揄するが、坪谷でもこの言い方は昔から行われていたという。自然薯掘りは、そのように労力・気力が要る作業である。それを、幼い子供が「いつも大人を負してゐた」というのだから、これはもう、立派。山での遊び方が半端でなかった証拠と言って良い。

牧水は獣や鳥を捕らえる遊びもよくやったが、それはもっと大きくなってからのことである。第七章で触れることにしよう。

川で遊ぶ

牧水は、山遊びのしかたが半端でないのと同様、いやそれに勝るくらいに川での魚捕りも熱中したようであった。「おもひでの記」には、こう語られている。

寒中にも鰻起しと称へて渓中の岩を起し、其したに潜んでゐる鰻を追ひ出し、寒さに凍えて運動の自由ならぬに乗じて突いて捕へる遊びもあつたが、山桜の花が漸う咲き初めやうといふ時に渓に上つて来る魚にふしいだといふのがあつた。いだといふのは東京付近でいふまるたに似てゐるが、このふしいだは特に色が綺麗であつた。赤に青紫を混ぜた様な何とも云へぬ鮮麗な魚である。このふしいだの上つて来る頃から渓の遊びは始まるのだ。

坪谷川は大きな川ではないが、結構恵みをもたらしてくれるのだと言える。昔を知るお年寄りたちに聞くと、一様に「今のように水の少ない川ではなかった」との答えが返ってくる。現在の坪谷川は、夏場はともかくとしても冬になれば流れが細ってしまい、石原がひどく目立つ。かつてこの川は上流の山々に雑木がよく茂って保水力があり、四季を通じて豊かに水を湛えていたのに、というのである。だが、坪谷川の衰え現象はなにもこの頃のことでなく、かなり以前から始まっていたのではなかろうか。他ならぬ牧水自身が、大正元年に坪谷に帰省した折り書いたエッセイ「曇り日の座談」の中で、ふるさとでの近況を語った後こう嘆いている。

渓のことを言はなかつた。名を呼ばれたのを聞かぬが、村が坪谷《つぼや》だから坪谷川とも云ふのであらう、尾鈴山の麓についてこの村を率ゐて流れてゐる。自分の家もこの渓に臨んでゐる。亡き祖父は我が家を呼んで省淵廬と言つてゐた。自分がよく独りでこの渓に遊んだころは到る所岩床で、瀬にしろ瀧にしろ、また淵にしろ、まことに風情《ふぜい》があつたが、今は濫伐から来る毎年の洪水のため悉く礫原に変じて甚だ浅間しくなつた。使徒が祭壇にでも近づくやうに恐る〳〵あの淵、あの瀧へ寄つて行つた自分の少年の頃が自ら思ひ出される。

ここには貴重なことが語られている。「名を呼ばれたのを聞かぬが、村が坪谷《つぼや》だから坪谷川とも云ふのであらう」などとは、惚《とぼ》けてみせているのでなく、実際そうだったであろう。では、どう呼ばれていたか。たぶん、「川」だけで済んでいた。坪谷の中を流れる川はこれだけだから、他と区別して呼ぶ必要もなく親しんだのだと思われる。そして、「今は濫伐から来る毎年の洪水のため悉く礫原に変じて甚だ浅間しくなつた」と指摘するのである。このエッセイが書かれたのは大正元年であり、しかも牧水は帰省中に坪谷川を目の前にして執筆した。これは、いわば、現場からの実況報告であった。つまりは、牧水の「おもひでの記」における川遊びの模様は、現在の坪谷川でなく、もっとさらにゴンゴンと水迸《ほとばし》るような活き活きとした川を思い浮かべながら読む必要があるわけである。

寒中の鰻捕りは、現在もこれを行う人は少数ながらいるとのことである。鰻がさかんに食べられる時季は、「土用鰻」と言うくらいで、夏の頃とされる。しかし、それはそれとして最も寒い時期に捕らえるのは、また格別のおもしろみがあるだろう。なんと言っても、あのニョロニョロとして、しかも成魚ともなれば人間もたじたじとなるくらい力強くしぶとい鰻であるが、水温の極度に低くなった状態の中では動きが鈍る。大きな石をソーッと動かすと、そこに鰻の姿が露《あら》わになる。鰻は

生家近くの坪谷川

ソロリソロリと身を動かすが、そこを鉾や網で捕らえるのである。ただ、それが出来るのは大人であって、冬の川漁は普通の子供にはさすがに無理である。牧水の場合も、先の「おもひでの記」の文面で見る限りでは自ら鰻起こしを楽しんだかどうか、はっきりしない。

それよりも、「ふしいだの上つて来る頃から渓の遊びは始まるのだ」と語る時、牧水は胸一杯に望郷の思いをふくらましていたことだろう。「ふし」とは、「伏し」。産卵のために身を伏せることからきている。イダ（ウグイ）は、産卵する時には下流から上流へとさかのぼって来る。瀬をなすところや川底に砂利の多いところを選んで身を伏せ、卵を産み付けるのである。都甲鶴男・著『坪谷川風景』には、「ふしいだは三月より四月にかけて、第一集団、第二集団と言った様に、或時期に一度に上ってしまうので無く、周期をおいて第二、第三、第四集団の形で産卵場所を探して上ってくるのだそうです」と説かれている。これに対して牧水の回想は「山桜が漸う咲き初めやうといふ時」となっており、よほどに山桜の印象が頭に強く刻み込まれていたのだったか。山桜のようやく咲き初める時期というなら、『坪谷川風景』にあるとおり三月から四月へかけてのことだ。牧水が「赤に青紫を混ぜた様な何とも云へぬ鮮麗な魚」と書いているのは、これはイダにとって婚姻色である。産卵の時期、雄のイダはそのように自らの身体を輝かせる。山桜の色と、いだの婚姻色、春は良い色をみやげにして坪谷に訪れていたのであった。

　ふしいだの上って来る時期は、水も温んで来ており、子供達であっても川で遊べる。そして、やがて初夏の頃ともなれば鮎捕りである。「おもひでの記」で牧水は坪谷の川では鮎が実によく捕れた、と回想している。撮り方は、たいていが「友釣り」で、これは成長した鮎が各々自分の縄張りを持つという習性を利用した釣り方である。牧水は「釣るといふより囮《をとり》の尻尾につないだ針に引つかけてとるのである」と説いているが、釣りのしかけの先に囮鮎をつないで水中を泳がせると、縄張りへの侵入を憤って川の中の鮎が攻撃を仕掛けてくる。すると、囮鮎の身にしつらえてある鉤にひっかかってしまう、というわけである。結構熟練を要する釣りであるが、「われ〱子供ですら半日数十尾を釣ることが出来た」と牧水は自慢する。大人となってから思いだしてさえ「身体がむず痒くなる」、それくらいに痛快でおもしろい釣りだった、と豪語するのである。

　坪谷の川で泳いでいた鮎がどの程度の大きさだったか分からぬが、半日で「数十尾」とはすごい。釣りの腕前がしっかりしていないとこんなすばらしい釣果は望めない。それも、「われ々々子供ですら」というのだから、上手だったのは若山繁少年だけでなく坪谷の子供たちはいったいにそうだったことになる。

　鮎釣りのことは「おもひでの記」だけでなく、晩年に至って書いたと思われる「鮎釣りに過ごした夏休み」の中でも書いており、それによると牧水は高等小学校から延岡に出て学んだのだが、夏、帰省した折りにはよく父の立蔵と一緒に鮎釣りを楽しんだ。「たゞ、父の釣はあゆつり（郷里ではあゆかけといってゐた）だけであったが好きな割には下手で、却って子供のわたしの方がいつも多く釣つてゐた」と、やはり大いに自慢している。牧水の死後刊行された歌集『黒松』に、幼い頃の鮎釣りの思い出を詠んだ作品がひとかたまり並んでいるので、その内いくつかを見てみよう。

ふるさとの日向《ひうが》の山の荒渓の流清うして鮎多く棲《す》みき
おもほへば父も鮎をばよく釣りきわれも釣りにきその下《しも》つ瀬に
まろまろと頭禿げたれば鮎釣りの父は手拭をかぶりて釣りき
釣り得たる鮎とりにがし笑ふ時し父がわらひは瀬に響きにき
夜半に来て憎き獺《かはうそ》がかこふ囮の鮎をよく盗みにき
鮎盗むたびたびなれば獺の憎きを穽《わな》に落して取りにき
瀬の渦にひとつ棲むなり鮎の魚ふたつはすまずそのひとつ瀬に
山の陰日暮早かる谷の瀬に鮎子よく釣れ釣り飽かざりき
釣り暮し帰れば母に叱られき叱れる母に渡しき鮎を

川の様子、どのような釣り方をしたか、父の様子、「瀬の渦にひとつ棲むなり鮎の魚ふたつはすまずそのひとつ瀬に」に見てとれるような鮎の習性、それに鮎を盗む獺《かわうそ》のことまで詳しく詠み込まれている。今でも年老いた人たちの中には獺を「ひょうすぼかと思いよった」と懐かしんで語ってくれることがある。郷土史家・矢野宝蔵氏の話では、かつて、夜、魚捕りに行くと、獺の逃げる影が見えていたそうで、それをひょうすぼ（河童）と見なす人がいたのだろう。いつごろ坪谷川のみならず耳川流域から姿を消したかはっきりしないが、ともあれ牧水は右のように歌に詠んだ。往時の坪谷川にはこういう珍しい動物がまだ普通に棲息していた、ということが分かる。最後の歌は、釣りばっかりして遊んだので母に叱られたが、その母にちゃんと鮎を渡したというのだから、まことに微笑ましい。鮎釣りの思い出を具体的に辿って歌を詠む時、牧水は童子のごとく心が和んでいたに違いない。

この鮎釣り連作が詠まれたのは昭和二年の一月二日で、それまでたいへん多忙な日々を過ごして来た牧水にしては珍しく静かな正月を迎えたのだという。自宅に寛いで、ゆっくりした時を過ごすうちに、ふるさとでの鮎釣りの思い出が懐かしく蘇って来たのであったろう。

もっとも、詳しく辿れば、牧水の最も好んだ釣りは鮎釣りではなかったものと思われる。それと言うのも、鮎釣りのことを書いた後、「おもひでの記」はこう続くからである。

が、私の特に好んだのは斯うして飛び歩いて釣るのよりも、樹のかげか岩陰にしやがんで、油の様な淵の上に浮いた浮標《うき》に見入る釣であつた。そして、友達と一緒に釣るよりも独りぼつちで釣るのを愛した。そのため、他の人の行かぬ様な場所を選んで釣りに行つた。わざ〲握飯《むすび》をこさへて貰つて山奥の渓へ入り込む事が多かつた。よそりがにといふ箕位ゐの甲を持つてゐる蟹の主《ぬし》が棲んでゐるといふ鳥の巣とどろまたは大蛇の居るといふ冷た淵、さういふ場所は大人ですらよう行かぬ位ゐの物凄いところであるが、他《ひと》に逢はぬのが嬉しいばかりに恐ろしいのを我慢して親達にもかくれながら私は出かけて行つた。鳥の巣とどろといふ淵は三方切り削《そ》いだ様な岸壁で、岩から直ぐ底の知れぬ深淵となつて居り、その一面に滝が懸つてゐた。謂はば滝壺の様な、また薄暗い岩窟の淵の中の様なところであつた。恐る〲その岩の壁を這ひながら、それこそ心には神を念じつつひつそりと糸を垂れた事を思ふと、今さらながら自分の少年の日がなつかしい。

単純に川遊びとしての釣りの面白さを考えるなら、人の行かぬようなところへ一人で出かけて釣るよりも、坪谷川で鰻や鮎を追いかける方が良いはずであった。たくさんの釣果が望めるし、醍醐味が味わえた、と思えるのである。だが、若山繁少年が「特に好んだ」のはそのようなことではなかった。木の下とか岩陰とかを足場にして淵へ釣り竿を垂れ、浮子《うき》を見つめつつ魚信を待つ。これは、鰻はともかくとしても、少なくとも鮎を狙う漁ではない。山女魚《やまめ》や鮠《はや》、油鮠といった種類の魚である。しかも一人きりで、心の中で神に祈りながらひっそりと糸を垂れた繁少年。そのような孤独な日々を回想する牧水の筆致に、暗さは見られない。充実した時間をこよなく懐かしく思っているふうである。

ここで「鳥の巣とどろ」とあるのは、これこそ前章で引いた「秋草の原」に登場する西ノ内川の方にある。牧水が回想するように、ここはガニ淵とかヨソリ淵との別名がついているくらいに大きい蟹の棲む淵だったという。そして「冷た淵」は坪谷川の方にあり、川底に冷たい水が湧くのでその名がついているようである。

「よそり蟹」の「よそり」とは、昔よく使われていた「箕《み》」のことである。穀物を入れて上下に揺すり、塵やら殻を取り除く竹製の農具であるが、泉房子・著『民具再見』には「ミは標準名であり、宮崎県でもミと呼ぶ地域は多いが、宮崎市周辺ではセキモン、諸県地方ではセキナモン、児湯地方ではヨソリとも呼ばれている」とあり、箕は同じ宮崎県内でもあちこちで多様な呼ばれ方をしているようである。ともあれ、ヨソリのような格好の大きな川蟹（モクズガニ）が棲む「鳥の巣とどろ」にしろ、大蛇が居ると噂される「冷た淵」にしろ、魅力ある場所でありながら子供にとって危ないところであったと考えられる。牧水が最も好んだ遊び場は、こうしたまったく目立たない一帯であったことになる。大人ならばともかく、子供にとって馴染めるような所とは言えない。なのに、繁少年は、一人で、握り飯を携えて出かけていくことを欲していたのであった。

牧水は、どうも、単独の行動を好んだ少年であった。田代村の学校で他の子供達となじめなかったし、ここ坪谷でも同様のようである。では、閉じ籠もるのかといえば、その正反対である。山や川に入っていきいきと遊ぶ少年だったわけで、では、なぜ単独を好んだのだったか。安易に原因を特定するのはよくないが、ヒントとなるようなことはあると思う。

やがて少しづつ文字を知る様になると、少年雑誌や姉たちの読み古したものなどを仮名を辿って読む様になると、一層その癖が烈しくなつた。今までは知らず〳〵仲間を避けてゐたのが、いつの間にか意識して他《ひと》を避くる様になつた。さうなつて愈々親しくなつて来たのは山であつた。それはまた渓であつた。多くは独りで山に登り、渓に降りて行つたが、稀に一人の友があつた。それは私の母であつた。

（「おもひでの記」）

初めは半ば無意識に他の子たちと遊ぶのを避けていたのが、やがて意識的に独りを好むようになった。しかし、繁少年にとってつきあえる人間もあった。ここでは、それが母という存在であった、と語っている。そういえば、田代村でも、独りを好んだ繁少年。時折つきあってくれたのが、丑蔵こと藤田丑五郎であった。推察すれば、どうも若山繁という少年は同年配の子供連中とは波長が合わず、だから一緒の時間を過ごすのが物足りなかったのではないだろうか。無論、生まれた時から備わったもともとの性格というものもあろうし、他の要因も考えられるかも知れない。だが、右の回想を読む限りでは、大人と対する時に、ようやく同じような波長で遊ぶことができたのではないか、と思いたくなる。

では、母マキとの場合はどのような時を過ごしたのか。牧水の思い出に焼き付けられているのは、次のような母親像であった。

私は五歳位《いつつ》ゐから歯を病んだ。右も左も齲歯《むしば》だらけで、痛み始めると果してどの歯が痛むのだか解らなくなり、まるで顔から頭全体が痛むかの様に痛んで来た。そんな場合、おい〳〵泣きわめいてゐる私を抱いて一緒に涙を流してゐるのは必ず母であつた。私は母の涙を見ると一層に悲しくなり、尚さらに泣き上げたが、いつ知らずそれで痛みを忘れて、泣き労れながら眠ることが多かつた。私の家から十丁ほど川上の方に柿の木淵といふ深い淵があつた。此処も何やらの主《ぬし》が居ると呼ばれた大きな淵で、一方は高い岩の断崖となつて居り、その上の密林中に水神の社があつた。母は私だけをひそかに起して背負ひながら幾日とか日をきめて其処へ丑《うし》の時詣りといふことをした。真夜中にこつそりと家を出て、田圃路からやがて淵の頭の浅瀬を選んで徒渡《かちわた》り、どうどうといふ水音をききながらその林の中へ入り込む時には私はもう泣くにも声が出なかつた。さうして小さな祠の前で初めて火を点じて燈明をあげ、落葉の積つた土の上に私をもひざまづかせ、彼女もさうして共に歯の痛まぬ様にと祈願を籠めたのであつた。

（「おもひでの記」）

右も左も虫歯だったというのは、ずいぶんと甘やかされ、甘い菓子など自由に食べたりした果てのことであったか、あるいはもともと虫歯になりやすい体質だったか、はっきりしたことは分からない。虫歯に苦しむ我が子を抱いて一緒に泣いてくれるのだから、これはとても愛情深い母親であった。しかも、それに留まらず柿の木淵の水神社へと丑の時詣りもしていた、というのは驚きである。柿の木淵は、しをん淵とも呼ばれるそうである。若山牧水記念文学館のすぐ近くにある淵で、たやすく確認することができる。

この水神さんの近くには婦人病に効験ありとされる「あわしま（粟島）さん」や、目の神様である「生目さん」も祀られている。牧水は家から水神の小祠まで「十丁」と書いており、それならば一キロ余ということになるが、実際にはその半分もなかろう。そして、郷土史家・矢野宝蔵氏によれば、そのあたりは昔は川向こうへと通ずる渡し場だったというから、村に住む人間にとってわりと慣れた場所であったようだ。しかし、そうであっても、字面通り「丑の時」に詣るのであれば午前二時頃である。真夜中、真っ暗な坪谷川を歩いて渡るのである。繁少年が「泣くにも声が出なかつた」のは、当然、恐怖のどん底にあったからだったろう。もし誰か近くを偶然通りかかり、このような母と子を闇の底にうっすらと見つけたら、ちょっと震え上がってしまうのではなかろうか。医者の家族であれば、医術でどうにか処理しようと考えそうなもんだ、と素朴な疑問が湧いて来る。しかし、そのようなことも行なった上での神頼みだったかも知れない。そして、母マキの愛情はそのようにも深く強いものだった、ということである。

或時はまた声も枯れ果て、ただしく〳〵と頬を抑へて泣いてゐると、母は為かけた仕事を捨てておいて私を背に負ひながら釣竿を提げて渓へ降りて行つた。さうして何か彼か断えず私に話しかけながら岩から岩を伝つて小さな魚を釣つて呉れた。いま思へばその頃の母は四十前後であつたらうが、どうしたものか私には二十歳前後の人と想像せられてならない。母といふより姉の気がした。更に親しいをんなの友達であつた様にも思はれてならないのである。（「おもひでの記」）

四十前後の母親が二十前後の人と見えたのは、一つには母マキがそのようにも若々しく美しかったことが察せられる。だが、それだけで読み解けないと思う。繁少年は、他の子供達よりもずっと大人とのつきあいを好んだので、いわば母親は姉か友達であるかのような意識であったのだ。

それにしても、母マキの愛情は実に細やかである。虫歯に悩む我が子をあの手この手で構ってやっていた。

私は前に断えず山に入り込んで遊んでゐたと書いた。この癖を私に植ゑたのはまさしく私の母であつた。彼女は実にさうして山に入つて蕨を摘み筍をもぎ、栗を拾ふことを喜んだ。蕨汁や栗飯を焚くといふ以外に摘むこと拾ふことが面白かつたのである。父と言ひ合ひをした後など、彼女は必ず籠を提げて山へ入つて行つた。そしてその時必ず私はそのあとを追つたのである。さわり、さわりと微かな音を立てながら深い藪の中で前かがみになつて筍を探して行く彼女の姿を、私は今でもあり〳〵と眼の前に描くことが出来る。

半日も山の中に居やうといふ時など、彼女は念入りに弁当をこさへて、そして小さな壜に酒を詰めて籠の中へ入れて行つた。そして私を相手に見晴しのいい山の上や渓ばたで弁当を使ふのを常とした。父もさういふ事は好きであつたが、阿父さんのは大仰《おほぎやう》だから嫌ひだと母はいつも言つてゐた。私の国では殆んど男女の別なく酒を嗜むが、母はことに好きの様であつた。

（「おもひでの記」）

こうやって読んでみると、母が子に植えつけてくれたのは川での遊びに留まらなかったことが分かる。山遊びの楽しさも教えてくれたのであり、しかも、なんと母マキは夫の立蔵と夫婦喧嘩をした後の憂さ晴らしに山へ入っているではないか。我が子繁を連れて、山菜を摘み、憩う時には手作り弁当を開き、酒まで飲むのである。牧水の歌に「飲むなと叱り叱りながらに母がつぐうす暗き部屋の夜《よ》の酒のいろ」というのがあるが、なんのことはない、母だって酒好きなのである。山に遊んで、少量の酒を嗜む、——非常に健康なストレス解消術であり、これが子に影響しないはずがなかった。若山牧水が終生大自然を好み、酒を嗜んだ、その姿と右の回想とは見事にオーバーラップする。

繁少年と海

さて、坪谷という小盆地で生まれ育った繁少年。小盆地の外には広い世界があるわけだが、彼はそこをかいま見た時にどんな気持ちになっていたろうか。そんなことを考える際にも「おもひでの記」は役に立つ。

たとえば、海。繁少年はどう見ていただろうか。

私の村から海岸に出るには近いところでは僅か五里しかないのであるが、四辺《あたり》を包む山嶽の形から宛然《さながら》二十里も三十里も離れた、山深い所の様に思はれてならなかつた。で、母に連れられてなど、付近でもやや高い山の頂上へ行つて、あれが海だ、と指ざされると、実に異常のものを見る様に、胸がときめいた。僅かに白く煙つたり光つたりして見えるだけで、海といふものが果してどんなものであるか殆んど想像することも出来なかつたが、兎に角、この方角に海がある、といふ事を知り得るだけで非常な満足であつた。そして、それを種に種々雑多な空想を描いたものである。

なにも、牧水こと繁少年が人並みはずれた感性の持ち主だったからではない。これは、海から離れたところで生まれ育った子供ならば誰もがごく自然に抱く素朴な想念であろう。母マキは坪谷周辺のどのあたりの山に連れていったのか。山の名が書かれていないので推測するしかないが、塩月眞・著『牧水の風景』によればどうも通称豆とび山こと楠森塚のようである。それはともかく、憧れだけが強く胸に渦巻き、実際に海を眺めさせられても「僅かに白く煙つたり光つたりして見えるだけ」、具体的にどのようなものであるか分からなかったというのだから、登った山の眺望が悪かったわけでもなく、まだ繁本人がずいぶんと幼かったからであろう。

牧水は、海のことをさらに続けてこう語る。

私の家から半道ほどのところに何とかいふ草山がある。其処の頂上から海が見えた。その山の沢に非常に沢山な茱萸があるので、それをとりに行つて或日偶然にも海を発見したのであつたが、それからわざ〳〵それを見るために這ひ登つた。いま見れば小さな山だが、その頃の身には其処に登るといふことは実に大変な冒険の思ひがしてゐたのである。見たさ一心に攀《よ》ぢ登つて、頂上に切り残されてある二三本の松の蔭に立つて遙か東の方に雲がくれに見える細島の海（細島は地名）を眺めながら、わけもない昂奮を子供心に起してゐたことをおもふと、常にその上に鳴つてゐた松の風さへ新たに思ひ起されて来る。

（「おもひでの記」）

読んでみて、この山も豆とび山すなわち楠森塚であるように思えてならない。牧水の家から「半道ほどのところ」で頂上から海を眺められそうな山というなら、そこしか思い当たらないからである。

「楠森塚」というのは、もともとは仲瀬（野々崎）神社を少し下った石橋付近にあった塚のことで、郷土史家の矢野宝蔵氏によれば「フラン」とも言っていた。それは、もと「古庵」から来ているのだろう、とのことだが、ともあれこの楠森塚が当時の山への登り口になっていたため、いつしか山全体をも「楠森塚」と呼ぶようになったらしい。「豆とび山」も「楠森塚」も、両方とも地元では使われているが、山陰の方から行くと、坪谷へ入る前の久居原の右手に横たわる山、というより小高い丘といった印象の方が強い。標高四一七メートルで、ほんとに「小さな山」である。あんなところから海が眺められるなどとは、下から仰いでみてもさほど目立たない山だからピンとは来ない。しかし、実際に豆とび山の頂上に立ってキョロキョロするうち、日向市細島の方角に小さくではあるものの確かに海が見える。遙か遠くに、春であれば霞に紛れがちなあやうさで太平洋が確認できるのである。母マキに連れられて海を見た場所とこの茱萸《ぐみ》の多い草山と、同じものであるかどうか、牧水の回想を読む限りでははっきりしない。だがこの草山の頂上の松の木によじ登って海を眺めた時には、多分、母はいなかったろう。自ら山へ出かけ、眺め、感動に浸ったと思われる。

そして、ついに間近に目の前に海を見る時が訪れる。

七歳か八歳の時であつた、母に連れられて一番上の姉の行つてゐる都農町《つのまち》に初めて出かけて行つた。七曲峠を越ゆれば近いのだが、子供づれには無理であつた。で、私の村から三里ほど歩き、山陰《やまげ》といふ村から舟に乗つて耳川といふのを三里下れば美々津《みみつ》といふ小さな港に出られる。都農は其処から海岸沿ひに三里であつた。膽を冷させられる急湍が幾つか続いて、漸く水の流れも緩く、川幅も広くなつた頃に人家の群がつた所が見え出した。其処が美々津で、船頭も母もそろ〲何かと用意を始めてゐた。舟は次第に下つて、川は愈々広くなる、と見ると丁度自分等の前方に長い砂の丘が横はり、その丘を越えて向うにをり〲白く煙りながら打ち上がつてゐるものがある。何気なく母に訊くと、其処はもう海で、あの白いのは浪だと答えた。海！　浪！　私は思はず知らず舟の上に立ち上つた。

舟が着くか着かぬに飛び上つて母の留めるのもきかず、その砂丘に走つて其処に初めて私は広大無辺の海洋と相対したのであつた。今まで滝や渓にのみつながつてゐた水に対する私の情《こころ》はその時から更に海を加ふる事になつて来た。

（「おもひでの記」）

これで分かるように、坪谷方面から都農町への往来には二通りの方法があった。一つは歩いて尾鈴連山の七曲峠を越えるやり方で、これについてはすでに一番目の姉スヱについて触れた際に述べたとおりである。そして、あと一つ、耳川を使った舟の便があった。耳川を上り下りする高瀬舟は、当時、幅が約一メートル六十センチから二メートル余、長さは約十二メートルから十三メートル程度のものであったという。物資を運搬するだけでなく、人をも運んだ。下りだけでなく、川を上るときも人を乗せたが、上りの際にはさすがに下りよりも船を操るのは楽でないから物資を運ぶのが主で、人を乗せるのは余裕がある分だけに限られていたようだ。ともあれこれで耳川を下り、あと美々津から都農までの間は海岸沿いの道があった。耳川の舟運は昭和四年にダムが出来るまでは続けられた。

ここでは、繁少年のことを考慮して川舟を使っている。耳川は椎葉村の奥、熊本県と境を接する三方山（標高一五七八メートル）から発して椎葉村・諸塚村・美郷町・日向市東郷町を流れて美々津で海に入る、全長九一キロメートルの一級河川であるが、下流域に平野が展開しない。初めから河口直前までずっと渓谷の中を縫って流れ、海の見える直前でようやく「川は愈々広くなる」のだ。大きな川にしては、こういう流れ方をする例は珍しいのではなかろうか。だから、徐々に海が視界に入ってくるのでなく、いきなり唐突な感じで目の前に現れる。これは、海というものを初めて見る少年にとって、感激も一入《ひとしお》であった。

この初めて眼前に海を見た時の感動はよほどに強かったらしく、大正元年発表の随筆「耳川と美々津」の中でも書いている。

私は六歳か七歳の時、母に連れられて耳川を下つたことがある。そして舟が将さに美々津に着かうとする時、眼の前の砂丘を越えて雪のやうな飛沫を散らしながら青々とうねり上る浪を見て、母の袖をしつかと捉りながら驚き懼れて、何ものなるかを問うた。母は笑ひながら、あれは浪だと教へた。舟が岸に着くや母はわざ〳〵私を砂浜の方に導いて更に不思議に更に驚くべき海、大洋を教へてくれた。その時から今日まで、海は実に切つても切れぬ私の生命《いのち》の寂しい伴侶《みちづれ》となつて来てゐるのである。

「おもひでの記」の記述と比べて、波の様子が「雪のやうな飛沫を散らしながら青々とうねり上る」と具体的である。そして、ついでに言及しておけば、海が自分にとって「実に切つても切れぬ私の生命の寂しい伴侶となつて来てゐる」という言い方、この中の「寂しい」のニュアンスは暗くないのではなかろうか。ことばに表現しつくせぬほどの感動とその余韻とに裏打ちされた「寂しさ」である。「幾山河越えさりゆかば寂しさの終《は》てなむ国ぞ今日も旅ゆく」、この歌の「寂しさ」もそのようなニュアンスを感じるので、牧水独特の言い回しと見なしてよかろう。

若山牧水の人と文学を考える場合に、牧水は山への憧れを持つ一方で海へも憧れた、つまり相反するものの狭間《はざま》で心が揺れ続けた、と見る向きがある。確かにそうで、「おもひでの記」に現れる山と海とは同等に重みと輝きが与えられている。どちらかに重みが偏《かたよ》れば楽だったと思われるが、山にも惹かれ、海にも惹かれ、両者の間でいつも揺れ動いた。またそうだからこそ牧水の文学は古びずに人を魅了して止まないのだ、と思う。

第六章　ふるさとの年中行事

お盆

山や川での遊びは子供にとって実に楽しいが、年中行事もまたひと味違った「晴れの日」の歓びを経験することができた。

牧水は「おもひでの記」の中で「山村の少年にとつて一年中の楽しみはお正月であり、お祭りであつた」と言いながら、正月については「唯だ百姓や杣人《そま》たちが業を休んで酒に酔つてゐる位ゐのものであつたが」と簡単に述べるに止まっている。ただ、牧水には「故郷の正月」と題した随筆があって、その中では結構詳しく幼い頃の正月を回想してくれているので、またそのことは後で見てみることとする。

正月のことを簡単に済ませた代わりに、「おもひでの記」ではお盆と祭について熱のこもった筆致である。まず、「お盆の印象は余程深い」とした上で、次のように回想する。

これらの行事はすべて陰暦で行ふのだが、そのお盆が来るとなると先づ出来るだけ綺麗にお墓の掃除をして十三日の来るのを待つ。そしてその日の夕方から三日間、お墓と各自の家の門口とに出来るだけ盛んに焚火をするのである。ただ地上に焚くばかりで満足せず、青竹の大きなのを用意して置いてその先に松明を結びつけ、そして中天に焔を上ぐるのを見て喜んだ。その火の高さ大きさが各戸の間に自然と競争となつて、いやが上に長い竹大きな質のよき松明を選むことになつてゐたのである。村を囲んだ峰から峰へかけての空に白々と銀河が流れて、その下の渓ぞひにこの篝火が炎々と燃え立つてゐる光景は幼い瞳にどれだけ鮮かに映つたものか。やがて夜が更くるにつれて一つ二つとその火が消えて、ア、何処のが消えた、誰の所《とこ》のも落ちたと数へながら次第に疎らになつてゆく火光を見守つてゐる身には何とも知れぬ哀愁のしみじみと浸み込むのを覚えたものである。十六日の朝には仏壇に供へて置いた供物をすべて青広い芭蕉の葉に包んで下の渓に持つて行つて流した。そしてその供物に乗つてお精霊さまは今朝信濃の善光寺へお帰りになるのだといふ伝説をいかにも真実の様に信じ込んで、言ひ難い敬虔の念をもつて淵に浮び瀬に隠るるその影を目送したものである。お盆が過ぐればもう秋になつたと子供心にも深く感ぜられた。その頃、盆蜻蛉と呼ぶ赤い小さな蜻蛉がいつぱいに空に群れてゐるのが常であつた。

なかなか具体的で詳しい記述だ。これだから、やはり「おもひでの記」は一文学者の回想記というだけでなく、時代の記録としての性格も立派に併せ持つわけである。

牧水の述べるとおり、当時の年中行事はまだ旧暦で行われていた。『東郷町史・別編（郷土事典）』によれば、お盆は昭和三十年代までは旧暦でされていて、四十年代以降に新暦へと移行していった由である。そして、盆の十三日には墓場へ行って掃除したり花筒の竹を取り替える。家の方は、玄関前の庭先に竹を使って精霊棚を建て、「ハナシバ」で囲い、ご飯や芋・だんご・そうめん等を供える。竹竿の先に松明を結んで、燃やし、迎え火をする。家の仏壇には菰《こも》とか芭蕉の葉を敷いて、お供えをする。そのようにしてご先祖様をお迎えするのである。十四日は、早朝、庭先や家の門口で松明の迎え火を焚いてからお墓へ行く。十五日は墓に先に行き、夕方、送り火を墓所と庭先で焚く。十六日の朝早く、精霊様が立たれるから仏壇に茶を供え、盆提灯や他の供物を川へ流す。ざっとこのようにお盆の過ごし方が記録されている。この『東郷町史・別編（郷土事典）』の記述は、昭和五十五年から「民俗資料所在情報調査」が行われた際に、日向市山陰地区の畝原萬氏（明治二十八年生まれ）と坪谷地区の山本一太郎氏（明治三十年生まれ）から聞き取ったことがもとになっているとのことである。年代が違ったり、地区や家々によっても共通したり異なった習慣があったりするだろう。牧水の書いていることと比較してみると、面白いのではなかろうか。

こうして見てみると、お盆の間、「火」が重要な役割を果たしていることを思ってしまう。牧水がお盆の松明や篝火を印象深く記憶し、「何とも知れぬ哀愁のしみじみと浸み込むのを覚えた」のは自然な成り行きであったろう。お盆の頃に舞う赤とんぼも、そういえば火が連想される。しかも、哀愁感のただよう赤色である。子供はこのようにしてあの世とこの世との関わりを学んで行く。むろん、若山繁少年は人一倍深く濃くこの年中行事を経験したのである。

村の祭が、また思い出深いものであった。「おもひでの記」の最後の話題は二つの祭のことである。まずは、秋祭。

秋祭

鎮守の祭は霜月の末、もうかなり寒い頃であつた。鎮守の社と順番に当つた或る一部落とに祭礼所が設けられてその二ケ所で神楽があつた。祭礼は三日続くのだが、その第一日の前夜をおよど、と称へてその夜は夜通し賑つた。さうした場所を廻つて歩く見世物や行商人等がめい〳〵華かに店を張つて、平常見たこともない玩具や菓子が並べられた。ことによく覚えて居るのはカルメラ焼で、その匂ひと煙とは異常な好奇心と食欲とを唆《そそ》つたものである。もう夜もほの〴〵と明けようといふ頃、尚ほ夢中になつて踊つてゐる神楽の若者達が振り回す白刃の光も神々しく眼に映つた。昼はまた神楽のほかに臼太鼓といふ舞踊が演ぜられた。これは太古に於ける神様たちの凱旋の踊りだといふ事で、村の若者達各自山で猟つて来た鹿の角や山鳥雉子などの綺麗な羽根で身を装ひ一人の音頭取（これは家柄で世襲であつたと思ふ）の唄や音頭につれて大きな丸い環を作り乍ら、各自《めいめい》前に結《ゆは》ひつけた太鼓を叩いて踊り出すのである。

牧水のふるさと坪谷神社の、秋の例祭である。ここは菅原道真が祀られており、江戸時代までは天満宮ないしは天神社と呼ばれていたが、明治四年（一八七一）になって坪谷神社と改称された由である。牧水はその十四年後の明治十八年生まれだから、もうすでに「天満宮」とか「天神社」でなく坪谷神社と呼び習わして育ったのだろうか。右の文で見る限りでは「鎮守」としか言っていないから、日常的にどう呼んでいたかは分からない。それから、周知のごとく「順番に当つた或る一部落」は土地の言い習わしをつかえば「都元《つもと》」のことである。

先に牧水が断っているように、坪谷神社の秋の例祭は旧暦の霜月、つまり十一月に行われていた。祭の日程も、昔は十一月二十三日から二十五日まで三日間だったのが、昭和四十年代に入って祝日を利用しての一日祭となった。文中、「第一日の前夜」のことを「およど」と言っていた、と書いているが、これは「御宵宮《よいみや》」が訛ったのだろう。「宵宮」はすなわち「宵祭」と同じで、祭の前夜祭のことである。

この祭のことで一番印象に残っているのがカルメラ焼きであるとは、いかにも子供らしいことである。虫歯に悩まされるほどに甘い物が好きだった繁少年。しかし、それでも、当時、カルメラ焼きは珍しく、こうして祭の時等に香具師《やし》たちが露店で作って売らない限り村の中では口にすることがなかったのかも知れない。あるいは、アルマイトとかステンレス製の杓子《しゃくし》と粗目《ざらめ》糖と重曹《ソーダ》があれば素人でも簡単に作ることはできるので、大人たちはたまにはカルメラ焼きを楽しんでいたのだろうか。

神楽舞いが「もう夜もほの〴〵と明けやうといふ頃」まで続いたり、昼は臼太鼓踊りが演じられるという、祭の賑やかさ。牧水の子供時代から百年以上も経った現在、神楽は夜を徹するほどは舞われないものの、やはり祭の雰囲気を充分に盛り上げてくれている。臼太鼓踊りは境内でも演じられ、地区ごと廻ることも続けられている。星のたくさん煌めく夜空の下で、焚火にあたりながら神楽を観る。昼間、坪谷の道ばたや公民館の庭などで臼太鼓踊りを見物すると、時間を忘れてしまう位に引き込まれる。臼太鼓踊りの鉦の音を聴いていて、不意に牧水の歌「けふもまたこころの鉦《かね》をうち鳴《なら》しうち鳴しつつあくがれて行く」が思い出されたことがある。歌の中身と臼太鼓踊りとの間には何の繋がりもないが、鉦の音には連想の広がりを促すなにものかがある、と思ったことであった。

こういった祭礼風景のいろいろを牧水がまだ幼い頃に見物し、胸躍らせていたかと思うと、しみじみしたものが身内から湧いてくる。祭がしっかりと今も伝承されてきているからこそ、時空を越えてこうした感慨にも浸ることができるのである。

ついでながら、牧水は大正十三年（一九二四）に父・立蔵の十三回忌法要のため帰省をした折り、坪谷神社に歌を奉納している。「久し振に故郷に帰り来たれば旧友矢野伊作富山豊吉の両君この板を持参して氏神に奉る歌書けといふ、すなはち」と前書きした上で、次の歌である。

うぶすなのわが氏神よとこしへに村のしづめとおはすこの神

奉納された板は、現在、若山牧水記念文学館に保存され、坪谷神社の方には模写されたものが置かれている。この大正十三年の帰省は村の人たちから大変な歓迎を受け、牧水としては感慨無量のものがあった。

師走祭

さて、そして、「おもひでの記」の最後を飾るのが冬の祭。牧水は文中で「ひきの神さまの祭」と記しているが、正確には「師走祭《しわすまつり》」と呼ばれ、千三百年前から続いて来たと伝えられる。

いま一つ、鎮守の祭のほかにひきの神さまの祭といふのがあつた。ひきは比企と書いたかとも思ふがよく覚えぬ。ずつと離れた二十里ほども遠い児湯郡のひきといふ所から出て各所を経巡りながらその途中私の村をも過ぐるので、その折に祭礼が行はれる。なんでもこの神様は女神で、その巡つて歩くさき〴〵は戦ひ負けて逃げ廻つたあとであるのだ相だ。私の村付近では先づおろしごといふ部落で一夜祭礼がある、其処はその女神が子供をおろした所ださうだ。その次がうぶのといふのにある。此処でそのおろした子（死ななかつたと見える）の生毛を剃つた跡ださうで、その次がこあらひ、此処で初めてその子を洗はれたのださうである。何処でもただ一夜づつの、いかにも敗戦の女将が嬰児を抱へて逃げて歩く様な惶しい祭礼だが、矢張り相当に賑つた。この祭には百姓たちはみな各自の田畑に出来た作物を供へて、その出来栄を競ふ様な風がある。師走も既うおし迫つた頃の、随分寒い祭であるがおろしご、うぶの、と私たちは付近で催されるその祭のあとを追ふ事を怠らなかつた。

百済王伝説に由来するこの祭は、現在では簡略化されて旧暦十二月十八日から三日間で行なわれるようになっている。だが、もともとは児湯郡木城町の比木《ひき》神社から発した一行が東臼杵郡美郷町の神門《みかど》神社までの約九十キロを九泊十日で往復するという、他にはあまり類を見ないとても大がかりな祭である。それなのに牧水はこの悠長な祭を「惶しい祭礼」と捉えている。これは無理もないわけで、祭全体は九泊十日にわたるロングランのものであるものの、それぞれの集落にとっては「何処でもただ一夜づつ」しか催されぬからである。坪谷神社の秋の例祭の方は、当時、三日間にわたって執《と》り行われていたので、比べてみれば確かに師走祭の方は「惶しい祭礼」ということにしかならない。牧水の昔に限らず、祭全体が二泊三日と縮まった現代でも、どこの集落の人たちも自分のところの分だけを知って育っている場合が多い。師走祭の初めから終わりまで、全体を経験した人は、昔も今もそう沢山はいないかもしれない。

牧水の頃は、旧暦十二月十四日に福智王の祀られる比木神社を出立した祭の一行は父・禎嘉王《ていかおう》が漂着したとされている日向市の金ケ浜で禊《みそ》ぎを行なった後、一泊目は美々津。二日目、塩見。三日目、羽坂。四日目に坪谷泊である。それから神門へ向かい、父・禎嘉王の祀られている神門神社に三泊。帰りの八日目に羽坂泊、九日目が都農泊。十日目に比木神社へ帰着、という順序だったという。牧水の幼い頃、すなわち繁少年が経験したのは「おもひでの記」の記述では卸児《おろしご》・産野《うぶの》・児洗《こあらい》ということになるが、祭の際に各所で畦が焼かれるのを興奮の眼差しで見たろうし、卸児では団子《だご》宮《みや》での祭事の場にいたこともあったろう。村人たちの酒宴に混じって御馳走を頬張ったりもしたに違いない。ただ、児洗は坪谷川の分水嶺を越えて越表《こしおもて》の方になるから、「私たちは付近で催されるそ

師走祭り

の祭のあとを追ふ事を怠らなかつた」とはいっても子供の脚力でどうだったろうか。なんにしても祭の一行が神門に向かう三日目・四日目、さらに帰る際の七日・八日あたりも見物していたことだろう。

それから、牧水はこの祭を、どうも女神中心に記憶している。これは、子供時代の思いこみがそのまま大人になっても温存されたままだったのだと思われる。祭の一行が立ち寄ったり祭事が行われる場所が、「卸児」「産野」「児洗」という具合に出産に関係する地名が続くのだから、これもまた誤認したからとて責められないことであった。

正月

それで、「おもひでの記」の中では簡単に処理されていたお正月のことである。牧水は、エッセイ「故郷の正月」の中で、かなり具体的に記憶力を発揮している。それによると、坪谷村では「新の正月と旧の正月」の両方が行われていた。新暦による正月は「たゞ学校でやる位ゐのこと」だったが、学校での新年式に飾る梅の花を採りに行ったことを覚えている、と言うのだ。

何でも二度ほど取りに行つたと思ひます。先生に連れられて、鉈《なた》を持つて、四五人の者が狭い谷間のあちらこちらに咲いてゐる真白な花を探して歩いた記憶が不思議にはつきりと残つてゐます。子供心にもさうした谷間に春の来るといふことがよく〳〵嬉しかつたのでせう。それにその頃既に梅が咲くといふ様な季候違ひの事実もその印象を深めてゐるに違ひありません。山の中と云つても海岸から五六里しか離れてゐず、年中雪を見ることのない程暖かな土地でした。

新暦一月一日に梅の花が谷間のあちこちに咲いているというのは、よその地方ではあまり考えられない羨ましいことである。やはり坪谷は山の中ではあっても南国的な土地柄だ。その梅を、学校で飾るのである。そして、家ではどうであったか。若山家では、新正月に必ず門松を立てた。これに使う松の切り出しは、父・立蔵と牧水すなわち繁少年の仕事であった。松を切り出す場所は、遠い所ではなく、家の裏の岡を越えた向う、つまり和田越しの先の方である。そう、「秋草の原」に登場する西ノ内川の方の野原であることは間違いない。

背戸から出て小さな岡を越えると其処に一つの谷が流れて両岸にやゝ平な野原があり、其処に松ばかり茂つてゐる一箇所がありました。父の好みはなかなかにむつかしく、容易にこの木がい丶とは言ひません。あとではいつも私と喧嘩をしました。さうして辛うじて伐り倒した松があまりに大きくて我等の手に合はず、いろ〳〵の目標をしておいてあとで下男をとりによこしたりしました。この松伐りも今ではなつかしい思ひ出です。

「あとではいつも私と喧嘩をしました」とあるが、これについては大正五年（一九一六）執筆のエッセイ「父も母も若い俤」の方に具体的に書かれている。それによると、「あれでもないこれでもいけぬと父の気むつかしやに癇癪を起して独りで拗ね切つてゐると遠くの方でことん〳〵と木を伐る音がして、やがて、繁、繁と呼ばれて何とも知れぬ悲しい思ひのしたことを思ひ出す」と言うのである。西ノ内川が坪谷川へと合流する直前のあたりは、繁少年が独りで釣り遊びに耽るだけでなく、このように微笑ましい父と子のやりとりが行われる所でもあったわけだ。それだけではない。この父と子は、他の人たちが普段着なのに対して紋付きを着て、広い座敷に向かい合って坐る。そして元日の屠蘇を祝っていた。牧水は、そのような父と幼い自分のことを「いかにも変でした」と反芻している。どうも、父・立蔵は、牧水の表現では「なかなかのきまり家」であったらしい。自分でこうせねばならぬと思い定めたら、絶対にそれを型どおりに実行せねば気が済まぬ性質だったようである。だから、餅も、新正月にも旧正月のときにも律儀に搗いたので、「二度餅の食べらる丶のも幼い私の自慢であり喜び」であった。

旧の正月の方は、これは大変だったようである。それは、その頃、村では盆と正月が金勘定の時期なので、半年分の薬代を大晦日にみんなが持って来る。金を持って来た人には酒を振る舞う習慣があったから、多いときは二十人、三十人と集まって飲み、騒ぐ。父も母も子供達も、大晦日の夜は大いに陽気になっていた。――そういった「大変」さがあったのである。夜が明け、旧正月の元日が来る。「旧正月は村全体の正月であるが、これとてたゞ業を休んで酒を飲む、回礼をするといふだけ」だったというから、「おもひでの記」の記述と同じである。だから旧正月の場合、元日よりも大晦日の大騒ぎの方がずいぶん思い出深いことになる。

子供達は、晴れたら家の外で「根つ木」遊びをしたという。「生木の堅いのを一尺か二尺に切り、先を尖らせて地へ互ひに打ち込んで相手の木を倒して取る」のである。それから、正月の遊びというならどこでも凧揚げが思い浮かぶが、坪谷でももちろん揚げてはいた。しかし、「何しろ平地の少ない渓間の事ゆゑ、大勢して揚げるなどといふわけにはゆきませんでした」という。雨が降ったり寒かったりしたら、家の中で「針打ち」をしたそうである。針打ちというのは、

半紙をめいめい一枚づつ出し合つて畳の上に積み重ね、一本の縫針に二三寸の糸を付け、針のさきを唇にくはへ、糸を烈しく引いて畳の上の紙にその針をつき立てる様に打ちおろします。さうして徐ろに糸を引いて針の先に引き留められて来たゞけの紙を自分の所得とするこれも賭事あそびです。

こういう遊びである。根っ木も針打ちも坪谷だけのものでないのは、言うまでもない。昔の日本

の子供達は結構どこでもこの遊びを楽しんでいたのだが、現在ではどうなのであろうか。

そして、「故郷の正月」には、暖地には珍しい雪の思い出が綴られている。


いつの正月であつたか、珍しく雪の降つた事がありました。私の七八歳の頃だつたでせう。我等子供はうろたへて戸外へ出て各自に大きく口を開けながらちら〳〵と落ちて来るその雪を飲み込まうとしたものです。そんなに雪は嬉しい珍しいものでした。付近一の高山、尾鈴山といふの、八合目ころから上にほのかに雪の積ることがありました。大抵は夜間に積むのですが、すると父は大騒ぎをして私を呼び起しました。

「繁、起けんか〳〵、尾鈴山に雪が降つたど、早う起けんと消えつしまうど！」

と言ひながら。


北国に住む人たちにとっては、雪のある正月というものは当たり前であり、むしろ雪は鬱陶しいだけであろう。しかし、南九州の者たちには珍しくてならない。牧水は「雪のおもひ出」と題したエッセイの中では、「尾鈴にだけ、年のうちに一度か二度、ほのかに雪の降ることがあつた」と書いている。そのようにも珍しい雪がお正月に見られるのだから、めでたいことだ。雪の降った時の嬉しさ喜びようは、大人も子供も共に腹の底から共感できると思う。七、八歳の頃の若山繁少年にとって忘れられない出来事だから、牧水は大人になってからもこのように懐かしんで綴るのである。

第七章　延岡時代

初めての長旅

若山繁つまり牧水は、明治二十九年（一八九六）、坪谷尋常小学校を首席で卒業した。まだ満年齢十歳であった。

なぜわざわざこのようなことを記すかと言えば、これで繁少年の生活の場は主として延岡の町へと移るからである。地元に高等小学校がなかったため、延岡高等小学校に入学したのだった。しかも、まだ坪谷村では高等小学校まで進むような子などおらず、延岡へ行ったのは繁だけだったという。それも、いろいろと準備などが手間取ったのか、学校は四月に始まったというのに五月になってようやく入学している。学校では入学した時から三年修了まで日吉昇という人がクラスの担任で、まだ三十歳直前の若い教師だった。文章家として周りからも認められていたようで、繁少年にも少なからず影響を与えたと言われている。

繁は五十人ほどのクラスでいつも二、三番の成績を維持し、運動会で走るのも速かった。溌剌《はつらつ》として学校生活を過ごしたわけである。文学の方は、初めて小説というものを読んだのは高等小学校入学の前年で、村井弦斎作「旭日桜」だった。坪谷村昌福寺の住職で叔父にあたる金田大珍和尚がいつも持って来てくれる「報知新聞」にそれが連載されており、「振仮名を拾つて駒雄静子（?）の恋物語に胸を躍らせて読み耽つたのが最初であつた」と「おもひでの記」に書いている。村井弦斎は著書『食道楽』などで知られたグルメの先駆者だが、このように恋愛ものも手がけていたのであろう。そして、その「旭日桜」がきっかけになったか、繁少年は高等小学校に入って二年生の頃から同じ村井弦斎の「小猫」「桜の御所」などを読み始めた由であるが、本格的に文学少年となるのはもう少し後になってであった。

高等小学校時代のことで特記すべきは、明治三十一年（一八九八）、二年生から三年生になろうとする時に経験した初めての長旅の話である。牧水自身が、エッセイ「金比羅参り」で物語っている。それによれば、繁少年は、三月半ば過ぎのよく晴れた日、村井武という級友とともに延岡の城山に登って遊んでいた。学年末試験が前の日に始まったばかりだというのに城山へ出かけたのだそうで、のどかなものである。実際、牧水も「たしかに二人とものんき者ではありました」と自ら認めている。

ほんたうによく晴れた春の日で、日向《ひうが》はごぞんじのとほり暖い国ですから、三月の中旬といふと、もう多分桜の花なども咲きかけてゐたでありませう。雲雀も囀つてゐたに相違ありません。

延岡城址と町並み

西南戦争で有名な可愛嶽《えのたけ》は東に、北から西にかけては行縢山《むかばき》速日峰といふ大きな山々が屏風のやうに延岡平野をとりかこみ、平野のなかをば大瀬五箇瀬の大きな河が流るゝともなく流れてをり、やがてその二つの河が相合して流れ落つる南のかたには、縹渺として限りのない日向洋《ひうがなだ》が、太平洋がうち開けてゐるのです。

そして、すべてが霞んでゐました。野も霞み、河も霞み、山も霞み、海もまたよく凪いで夢のやうに霞んでをりました。眼下の延岡町も麗らかな日光を受けながらも、ほのかに霞んでをりました。

どんなことを二人して話してゐましたか、多分試験のこと、試験休みに帰つてゆく郷里のことなどを話してゐたでありませう。武ちやんもわたしも、その延岡町から十里ほど引つ込んだ山奥の村からでてきて延岡高等小学校に遊学してゐたのです。武ちゃんの村も、わたしの村も寂しい村で尋常小学校ばかりしか無かつたのです。

牧水が書くように、延岡の城山は大瀬川と五ヶ瀬川とに挟まれた、見晴らしの良いところである。海も山も眺められ、それに加えて良い陽気。申し分のない春日和で、これなら確かに試験勉強に励むのはもったいないくらいのものであったのだ。

この二人には共通のものがあった。それが、「延岡の町から十里ほど引っ込んだ山奥の村」という点であった。牧水はいまさら言うまでもなく延岡より南の坪谷村、村井の方は西の北方村日平《ひびら》（現在の延岡市北方町日平）が出身地である。日平は七折村（現在、日之影町）との境界に位置する谷間の村である。二人はクラスは違ったが、高等小学校・中学校を通じて仲が良かったのは、年端もいかぬ頃に辺鄙な谷間の村から延岡という賑やかな町へ出て来た者同士の、気心通じ合うものがあったのだろう。

そして、話が展開して行く。

いろ〳〵の話にも倦んだころ、ふつと武ちゃんがいひました。

「繁《しげ》ちゃん〳〵。ありう見ね。汽船が通つちよるよ」

今では若山牧水などとむづかしい名をつけてゐますが、その頃は若山の繁ちゃんであつたのです。なるほど、真向うの海の片つ方の岬の端から、一艘の汽船が煙をあげてでてきました。

「ウム、大けな汽船《ふね》ぢやごたるネ」

その頃の日向は、ほんとうにまだ開けてゐなかつたものですから、汽車は全然通じてゐず、港から港へ寄る汽船の数も、極く少なかつたのです。で、汽船を見ることがまだ珍しうございました。


この当時、鉄道はまだ影も形も見せていない。美々津と高鍋との間に汽車の通るのが大正十年（一九二一）の六月、同年十月に富高・細島まで伸びて来る。翌年にはそれが南延岡まで届き、そのまた翌年の大正十二年になってようやく日豊本線開通となるのだから、ずいぶんと遅れる。一方、海上交通の方は明治十七年（一八八四）に大阪商船が細島と大阪を結んだ。三十六年、関西汽船同盟会の船が細島と神戸の間を就航するから、鉄道よりも船運の方が早く開けたのであった。

ともあれ、城山のとっぺんからこのようにして海が見え、当然、汽船の姿も眺め渡すことができる。二人が眺めたのは大阪商船だったろうか。太平洋が広がるというだけでも少年にとって影響は少なくない、その上に大きな船が視界に入って来るのである。明らかに外界がなにごとかを語りかけてくれた、と言えないだろうか。繁少年の中で、あるものが動き始める。


その汽船を眺めてゐるうちに、ふと、ある一つの聯想がわたしの頭に浮びました。そして、そのことを武ちやんに話しました。

話とはかうなのです。ツイ一両日前に、郷里の母親からわたしに手紙が来て、今度急に思ひたつて都農《つの》の義兄と一緒に讃岐《さぬき》の金比羅《こんぴら》さまにお参りする。そして、そのついでに大阪見物をもして来る、帰りには何かお土産を買つて来るがお前は何がほしいか、こちらあてに返事を出したのではもう間に合はぬから、何日までに細島港の船問屋日高屋に宛てゝ、手紙を出せばそれを受け取つて汽船に乗る、と、いつて来てあつたのです。やれ嬉しやとあれを考へこれを考へ、土産物の種類を三つも四つも書きたてゝ、ツイ昨日細島港あてに手紙を出したところだつたのです。

繁少年は、そのような話をするだけでも胸がワクワクしたはずだ。母や義兄が金比羅参りへ出かける、ついでには大阪見物もして来るし、土産も買ってきてくれる。それも何なりと望みのものを申せというのだから、嬉しくないはずがない。だからこそ友達の村井にも秘密にできずに洩らしてしまったのだったが、さて、それに対する村井武の反応がまた奮《ふる》っている。

得意気に、わたしがその土産物の名を並べたてゝゐると、武ちやんは黙つてそれを聞いてゐましたが、やがて考へ深さうな顔をしてわたしに言ひました。

「繁ちやん、それアお前《め》も一緒に従《つ》いち行きね。行《い》た方がいゝが、……土産物《みやげもん》どん貰《もろ》ちよつたちつまらん。それア行たほがよつぽづいゝが……」

これを聞くと、わたしは愕然としました。まつたく吃驚《びっくり》しました。今まで全然気のつかなかつた一大事を、いま突然教へられたやうな驚きであつたのです。忽ち胸はどきどきとしだしましたが、それもすぐ納まりました。

「でも、試験があるぢアねエけ」

「試験どま、どうでむい丶が、お前はゆう（能くの意）出来なるとぢアかに、先生が落第やさせならんが」

これを聞くと、わたしの胸はまたどき〳〵とし始めました。


なんとまあ、途方もないことを考え出すものであった。世間を知らぬ少年の夢見心地の発想と言うなら、まさしく子供っぽいの一語に尽きる。だが、それはそうだとしても、どうもこの村井武という友人は度量の大きい性格であったようだ。それというのも、この二人は大人となってから十五年ばかりはたがいに連絡をしあうこともなく過ごしたそうだが、大正十四年（一九二五）になって交友が復活する。この「金比羅参り」の後半に書かれているところによれば、牧水が静岡県の沼津に永住の場を求め、自宅を建てようと企てていると、そのことがある新聞の文壇消息欄で報じられたらしい。すると、その記事を目にしたのだろう、牧水のもとに村井武から「若山君、君は家を造るさうだが、その設計は乃公《おれ》がしてやるから一切任せろ」との久々の便りが届いた。村井は東京で建築技師となっていたのだった。彼は沼津へやって来て現場を見、家の設計をしてくれた。工事が始まると、一週間に一度は東京から沼津へ出向いて大工たちにいろいろの指示・指導を行なった。家が完成すると祝いの席にも来てくれたので、その時に牧水が、

「村井君、せめて汽車賃位ゐ出さないと僕もきまりが悪いが……」

と申し出たところ、村井は「ぐるりと眼玉を剥」いた。そして、

「馬鹿んこつ言ふな」

と「久しぶりの日向弁」で答えて牧水を睨んだのだという。

村井は、設計料も東京・沼津往復の経費もまったく無しで牧水邸の建築に貢献したのである。この無償の友情。二人の友情の厚さを物語って余りあろうが、それにしても村井の度量の大きさを感じざるを得ないエピソードではなかろうか。

さて、それで金比羅参りの話に戻れば、どう展開したかと言うと、二人は城山の上で長い間「密議」を凝らし、山を降りる頃には日はもうとっぷり暮れていたそうである。

密議の結果はかうです。武ちゃんは明日学校で、繁ちゃんは郷里の阿母さんが急病で迎ひが来て帰りました、と先生に届けること。私は今夜書置の手紙を書いて、明日の朝それを机の上において、いつも学校にゆくやうな風をして宿を出ること。そして、郷里には帰らず、一直線に細島港に向つて走ること、その他でありました。当時わたしの預けられてゐましたのは評判のやかまし屋の士族の家でありましたので、正直に打ちあけて願つた所で、とても許される筈はない。許されるどころか、拳固の二つ三つは当然覚悟しなくてはならない。書置に詳しく書いておいて、逃げ出すが一番安全の策だといふことに、決つたのです。

高等小学校に在学する少年二人が日の暮れる頃まで話し合って考え出した策が、これだったのだ。「逃げ出すが一番安全の策」、実にうまいこと大胆な決断をしたものであった。こうなると、あとは実行あるのみだった。そして、「事はすべて計画どほりに運ばれ」たそうである。翌日の朝、繁少年は、延岡から細島港までの「六里」を走りに走った。急ぐ必要はなかったのに足がひとりでに動いたのだ。しかも、細島に近づくと、近道するため山越えまでした。とにかく、ひたすらに気が急《せ》いていた。山の中では、人家が近くにないと知るや否や、初めはしくしくと、でもそのうちには大声で泣いた。「何故、泣いたか、わたしにもよく解りません」と牧水は書いている。大胆な行為にでたものの、やはりまだ子ども。落ち着きをなくしていたのである。細島港の日高屋へ行くと、その旅館は若山家とは古くからの知り合いだった。繁少年を一人前の客として扱い、一室に通された。その部屋で繁少年は母たちを待ったのであった。夕方には、予定通り母と義兄はやって来た。さあ、彼等の反応はどうだったか。

思ひもかけぬわたしの顔をその宿屋で見出した母の驚きは、これはもう言葉の外でありました。驚き、怒り、且つ嘆き、これからすぐ夜道をして延岡へ帰れ、自分も送つて行くといふのです。流石に、わたしも迷ひが覚めて、それではこれから夜道を踏んでまた六里を走らうと思ひ出しました。

母マキが「驚き、怒り、且つ嘆」いたのは、親として当然の反応だったろう。怒り心頭に発すというのは、こんな時のことを譬えているはずだ。ただ、すぐ延岡まで帰れと叱りながら、自分も送って行くからと説くのはさすがこの母ならではの愛情であった。マキがいかに愛情厚く我が子繁を育てたかについてはすでに見てきたところであるが、叱りながら手を差し伸べるという点はまだ扱っていなかった。そして、前にも引用した歌「飲むなと叱り叱りながらに母がつぐうす暗き部屋の夜《よ》の酒のいろ」が思い出される。これが詠まれたのは明治四十五年（大正元年）かと思われるが、牧水は七月に父・立蔵危篤との報を受けて急遽ひとりで帰郷する。父の容態は一時小康を得るものの、十一月、脳溢血で亡くなるのである。右の歌はその間に詠まれたと思われる。長男である牧水は故郷に留まるべきか、東京へ戻るべきかで葛藤し、父母や姉たちとの軋轢《あつれき》が続いた。父は息子が故郷で家を継ぐかどうかということにはあまり拘《こだわ》らなかったようだが、母の方は違っていた。牧水は父の死後も故郷に滞在した後、翌年五月になって東京へ戻るのである。つらく苦しいトンネル状態が続いたのだ。そのような背景を考えながら歌を味わうと、また一層厚みが増すだろう。母マキとその子牧水との間には愛憎が烈しく渦巻いており、目の前の息子が酒を飲むのすら叱る。それは身体の健康を案じてのことでもあったし、さらにはこのような大事な時期に酒などに酔いしれている場合ではない、との諫めでもあったはず。だが、そうであればぴしゃりと飲酒を禁じればよさそうなものなのに、母の手は酒瓶を持ち上げ、息子に酒を注いでやるのだった。愛情の深さならではの矛盾であった。そして、こういう矛盾はその時限りでなく、高等小学校時代の繁少年に対しても烈しく叱って延岡へ戻れと言いつつ、自分も延岡までついて行ってやろうという、すでに熱っぽいかたちで発露されていたのだった。

　とにかく、母マキは金比羅参りへの同行を許そうとしなかった。それでは、結局どうなったか。繁少年は、度量のある義兄や親切な番頭さんにしっかり助けてもらい、めでたく大人達の長旅について行くことができたのであった。ではその金比羅参り・大阪見物はどのような旅となったか。牧水は「その道中記が素晴らしく面白いのだが、それはまたの時にゆづります」と述べている。残念なことに、その「またの時」はついに実行されることがなかった。

長旅から帰った後の顛末については、学年試験をサボッた罰は厳しくて当然だったはずながら、担任の日吉昇は若山繁少年を叱りもせず、落第もさせなかった。「今まで一番であつた席次を四番だかに下げて及第」との寛大な対応であった。下宿の方がえらく腹を立て、もう家に置いておくわけにはいかぬ旨の手紙が坪谷の方へ行った。「驚き狼狽《うろた》へた父が、早速延岡まで出かけて行つて、これもどうやらもと通りに納まりました」と牧水は記している。

大悟法利雄の『若山牧水伝』によると、「私がその小学校に遺っている明治三十一年の児童出席調査表を調べてみると、牧水のその三月の分が出席五日欠席十七日となつていた」とある。日曜や春休みの分はこの数字には入らないわけだから、この「欠席十七日」というのはほぼそのまま長旅に出かけていた期間と見なして構わないのではなかろうか。繁少年にとって一大冒険、大旅行だった。そして、後年の牧水の旅に明け暮れる日々を思えば、そういう将来を自ら予告・宣言するような出来事であった。

中学校時代の牧水

若山繁少年は明治三十二年（一八九九）三月、つまり金比羅参り大阪見物の旅をしでかした翌年、延岡に新設された県立中学校を受験し、見事合格して入学する。この延岡中学校を卒業して東京の早稲田大学へ進学するのが明治三十七年（一九〇四）であるから、延岡での生活は高等小学校入学から数えれば合計八年間に及んだことになる。

そのうちの五年間の中学生としての日々は、若山繁少年が急速に文学に目覚め、熱中し、将来文学で身を立てようと志すに到る、非常に濃密な成長の期間であった。しかも、環境に恵まれていたと言える。校長の山崎庚午太郎《かごたろう》はもともとは史学専攻の人だったが、文学の方も西行や香川景樹を論じ、『俳諧史談』という著書も持つような碩学《せきがく》だった。担任の笠井秀治郎は国語漢文教師で、繁少年が国語とか作文に優れているのでたいへん可愛がってくれたという。

繁少年は、中学校の二年生になって次第に運動競技から離れ始めたらしい。同時に、数学が嫌いになった。これは本を読み耽ったり詩文を綴ることの方にばかり気持ちが傾いていたためで、つまり素朴な田舎出の若山繁はまるで絵に描いたように典型的な「文学少年」になって行ったのだった。二年時の終わり頃に校友会誌第一号が発行されるが、早速若山繁の名で作文・短歌・俳句が載っていて、大活躍である。

作文は「雷雨」という題で、四百字詰め原稿用紙一枚に足りぬくらいの短文である。文語体で書かれ、雷の様子を「紫電は空を劈きて西又東と飛び走り或は地に落ちて金殿玉楼も皆烏有に帰せしむるかとあやしまれ」などと型にはまった言い方をするなど、まだ牧水らしさは現れていない。しかし、久しく坪谷の村に雨の降らなかったところへ、百姓さんたちが尾鈴山や尾鈴権現へ雨乞いの祈願をした甲斐あってこのように雷雨に恵まれたのだ、皆の喜びはいかばかりだろう、という内容である。ふるさとへの愛情が発露されているのが微笑《ほほえ》ましい。短歌は、

梅の花今や咲くらむ我庵の柴の戸あたり鶯の鳴く
身に纏ふ綾や錦はちりひぢや蓮の葉の上の露も玉かな
かくれたる徳を行ひ顕れぬ人は深山の桜なりけり

この三首。歌人としての処女作と見ていい。俳句は二句載っており、

病んでみて親の恩知る異郷哉
牛かひの背に夕の紅葉哉

「牛かひの…」は、あとで「夕日」と訂正した書き入れが遺されている。そうなると、これは短歌・俳句の中で一番良い線行っている作品なのではなかろうか。ちなみに「背」は「せな」、「夕」は「ゆふべ」、「紅葉」は「もみじ」と読めば字音が整う。また、若山牧水記念文学館収蔵の雑誌の裏には「秋空」との検印が捺《お》されている。どうも繁少年は「秋空」と雅号つまりペンネームを用いていたらしいのである。他にもいろいろ雅号を思案し、「紅雲」「桂露」「雨山」「白雨」「野百合」と名乗ったが、明治三十六年（一九〇三）、第五学年の秋頃になって「牧水」と改めた。明治三十七年一月十六日の日記には「この日頃より、爾来のわが佳号野百合てふを中止して、牧水としばし仮の名を結ぶべく余儀なくせられ候」と記している。その時点ではまだ「しばし仮の名」のつもりだったろうが、結果は一生を通しての雅号となった。「牧」は母マキからきており、「水」は故郷の澄ん

だ流れを意識しての名乗りであったという。

運動競技から離れがちになり、数学を苦手とした中学生はひたむきに文を綴り、歌を詠んだ。そうなれば、作品の発表が校友会誌にとどまるはずがなかった。「中学文壇」「秀才文壇」「日州独立新聞」「青年議会」「中学世界」等の雑誌・新聞に投稿して掲載される。学友たちと「曙」や「野虹」といった同人雑誌を発行し、もう本当にどっぷりと文学にのめり込む日々であったと言える。

だが、その一方で日記を辿ってみると、文学少年とはまた違った側面が見られる。明治三十五年(一九〇二)早春、すなわち延岡中学三年生の終わり頃からの生活は、次のような具合である。

二月二十三日　晴　暖
来舎(直井、大内、村井)
外出(怒濤ヲ蹴ツテ東海ノ磯ニ長嘯ス、貝ヲ拾ヒ、みなヲにて食フ、帰路、鍋ヲ忘レテ大失敗、)
来状(安達ヨリ二通)
百渓君ヨリ新声一号ヲ借ル、留主中、加藤氏来舎セラレタリト

牧水は延岡時代も東京へ出てからも頻繁に住まいを移る習性があって、それは単に経済的事情だけによるものでなく旅好き放浪癖とも関係があろうかと思われる。いつの頃にどこに居住したかいちいち点検するのは煩雑になってしまうくらいだが、この明治三十五年の時点では本小路の同級生・大見達也方に住まわせてもらっていた。そこへ学友の直井敬三、大内財蔵(のちの平賀春郊)、

村井武が遊びに来たものと見える。みんなで元気よく東海《とうみ》海岸へ繰り出し、貝を拾い、鍋で煮て食っている。そのようにして浜で遊んだまでは良いものの、鍋を持って帰るのを忘れて大失敗であった、というのだ。二月下旬というなら、晴れてはいてもまだ海岸は寒かったことだろうが、そのようなことには動じない、若い者ならではの弾けるようなアウトドアライフと評しておきたい。

　二月下旬だから浜辺の貝拾い程度で済ませているが、やがて本格的な春になり休みで坪谷へ帰ると「アハレ山ヨ谷ヨ、希クバ吾レニ好伴侶タルヲ許セ、翌ヨリハ、汝ヲ師トシ、友トシ、天然ノ美ニ酔ヒ、天然ノ美ヲ謳ハムカナ」（三月二十六日）と、とても嬉しげである。そして、ふるさとでどんな遊びをするのかと言えば、二十七日にまず「正午迄日高君ト山芋掘リニ行ク」、自然薯掘りをしている。次の日は朝早くに友人の泉毅一郎が来たので山を歩く。午後からはその泉と自然薯掘りや椎茸狩りを楽しんでいる。二十九日にはやはり泉とともに五本松峠を越えて小川へ行き、二泊しているのである。折しも山桜の咲く季節、坪谷川にはふしいだの美しい姿が見られたはずだが、日記には川に入って遊んだ形跡は残されていない。自然薯掘りや椎茸狩り、峠越えに忙しかったのだったろうか。

　これが、春も過ぎて初夏の気配が強くなってくると、まず五月一日に「魚釣ノ道具ヲ作ラムタメ河邊ヲ散歩ス」とある。これは川辺に生えている竹を伐って竿をこしらえたのに違いない。釣り道具の準備が整えば、あとは頑張るのみである。日記には魚捕りの記述が増えて来て、いくつか抜き出してみると、次のような調子である。

東海《とうみ》海岸

五月三日
帰宅後直チニ漁ニ出カケテ大失敗。
五月五日
家ニ帰リテハ鰻釣リ、二回ニテ合計吾レノ
ミニテ十一尾ヲ得タリ。
五月三十一日
作文（甲冑の図ニ題ス）ノ即題アリ、夕方鰕
ヲ釣ル
漁多シ。
六月十六日
帰宅直チニ、小曽戸君訪ハレタルト連立チ
テ仲町ヘ至リ、時計ヲトリ、柳沢町ヘ釣道具
買ヒニ赴キ、ソレヨリ用意ヲト、ノヘテ大貫
井手ヘ出懸ケシニ、可ナリノ漁アリキ、
六月二十三日
帰ツテ、山崎君ト共ニ鰻釣リニ行キ、大々
失敗ヲ演ジ、帰リテ柏餅ヲ大食ス
夕方其シカヘシニ、桂嵐子ト又再ビ至リテ

七疋ノ大漁、帰リシハ十時、月出デ、珍ラシカリキ、直井ヲ、「ポンポコ」ニテ驚カス、

漁獲ゼロの時もあるが、五月五日に鰻が十一匹というのは大漁である。六月二十三日に至っては昼間鰻釣りをしたが全く釣れず、柏餅をやけ食いして、しかも夕方には諦めきれず再挑戦している。結果は七匹も捕れて、えらく満足げである。

そうして、いよいよ夏休み。当然、坪谷へ帰省するわけである。こうなると、川でばかり遊んでいる。抄出してみる。

七月二十日
水ノ濁リシヲ幸トシ、下へ糸ヲ垂レテウナギ三疋、蟹一ツヲとル、落シ込ム事多キハ残念
七月二十二日
夜釣リニ出懸ケテ失敗ス。終日ノ雨、細々として止まず、
七月二十四日
今日始メテ父ト鮎ヲ釣ル、半日ノ得物二十四疋。
七月二十六日
夜さりニトテ後川へ出懸ケ大失敗ヲヤラカス、嗚呼嗚呼。
八月二日
浜へ「ボラ」漁へ行キテ失敗ス、

八月八日
鮎懸ケニ行キテ鳥ノ淵ノ上ニテ、西村ノ中野氏ノ子息水ニ流レツ、アルヲ認メテ走ツテ之レヲ助ク、幸ニ死ヲ免カレタリ、
八月二十日
正午ヨリ鮎ヲ狩ツテ十四尾ヲ得、
九月二日
鰻を釣る。

昼間だけでなく、夜も魚捕りに出かけている。七月二十六日の「後川」というのは西ノ内川を指すのではなかろうか。とにかくよく川へ入って遊んでいる。鰻だけでなく、鮎も釣る。七月二十四日には父・立蔵と一緒に釣って半日で二十四匹の釣果。わざわざ鮎の数を記すのだから、父よりも得物が多かったのであろう。その鮎釣りも八月八日には「鳥の淵」の方へ行っているし、人命救助までしている。この「鳥の淵」は、西ノ内川の「鳥の巣とどろ」のことかと思われる。八月二日のボラ漁だが、これは朝早くから舟で耳川を下り、美々津経由で都農の長姉宅へ遊びに行っているのである。夏祭りの日だったらしく、昼間はボラ漁を試み、夜には都農神社へ参詣している。

こんな具合で、郷里での日々は、夏休みの気楽さも手伝っているのだろうが、文学少年らしき記述はあまり見られない。それよりも、大自然の中でのびのびと楽しむ、という印象が強い。

翌年の明治三十六年も、だいたい同じようなパターンで暑い時季を過ごしている。強いて比較す

るなら前年よりも漁の頻度が落ちた感があるが、さすがに中学校の最終学年に入ったため少々時間的に余裕が失われていたのかも知れない。

ただ、この年は、寒い時季に山へ入ることが多かった。いつもの自然薯掘りもしたが、銃を携えて行くのであった。十月十六日から十八日にかけて級友・猪狩白梅（本名、毅）の郷里の岩井川村（現在、日之影町）へ遊びに行っているが、これがきっかけとなったふうである。白梅から杖銃を借り、「小生にとつて生れて始めて」の鳥撃ちを経験している。十七日は雀一羽、雉子一羽、頬白四、五羽。翌十八日は延岡への帰りがけの道々で試み、五位鷺三羽と名の知れぬ鳥を一羽。「一羽も失敗せず」と記している。十七日の日記には鳥の羽毛を一つ貼り付けており、そんなことをするのは余程面白かったし、自慢げだったのだ。

「杖銃」なる銃器はどのようなものだったかといえば、これは文字通り杖のような形状の銃であるからそのように呼ばれていた。牧水自身がエッセイ「狐か人か」の中で幼い頃のことを書き、「御承知の通り杖銃は長さが三尺ばかりで、軽くはあるし、子供の私が弄《もてあそ》んでもそんなに危険ではなかつた」と説明している。長さ三尺、九十センチ程度の長さなら杖にするのに適当であろう。当時は普通に用いられていたものであったらしい。父・立蔵が、大阪へ行った折りに土産に小さな杖銃を買って来てくれた、というのだ。それならば、岩井村でのことは「生れて始めて」ではなかったことになる。幼い頃のものは玩具同然の銃で、岩井川村で初めて本格的な杖銃に巡り合ったのだったろうか。ただ、耳川上流の椎葉村に住む専門のベテラン猟師・尾前善則氏に聞いた話では、杖銃は猪をも仕留めることが可能だそうで、そんなに威力があるのならばエアライフルなんかよりずっとちゃんとした銃である。

　繁少年は、そのようなものを所持して山遊びに興じていたのだった。

　この十月十七、十八日の鳥撃ち遊びに続いては、十一月十四日、下校してからの時間を使って鵯《ひよどり》や翡翠《かわせみ》など撃っている。さらに冬休みに入ってからは坪谷に帰省するのだから、山遊びはいつでも出来る。やはり抄出してみるが、次のようなぐあいである。

　十二月二十八日
　白梅から借りて来し杖銃にて鴨を一羽、樫鳥一羽を獲ぬ。昼よりまた到りしも一発の発砲もなくやみぬ。
　十二月三十日
　昼頃、来と後山をあさり夕方、進、いさを君等と川向いの森をあさりたれど、よき敵に会はず。
　明治三十七年一月一日
　朝、市谷原の郵便局に行き、昼より宮の谷といふへ銃をたずさへて行き樫鳥を獲たり。
　一月二日
　床の中より寺の進に起されて、銃のお伴をして近在の山うろついたれど、不幸にも無獲物。
　一月五日
　朝、十時すぎより、西の内より槇の口あたりを渉つて樫鳥三羽、鴨一、鶫一羽を獲たり、一の空矢あるなかりき。

一月七日
朝、旭いでざるに西の内へ鳩をもとめたれど、会見せず。
其帰路、深口平に雉を足元より逃す。
夕方また鴨居たりと聞いてうろついたれど、之れも駄目。

よほどに熱中したことが分かるのだ。川での魚捕りといい、山での自然薯掘り・鳥撃ちといい、ほんとにこれは若山繁の根っから得意とする分野だった。

このように、延岡中学時代の牧水は、文学者・牧水へと目に見えて成長してゆく反面、幼い頃から培われた自然児的な側面を相変わらず濃厚に発揮しながら日々を過ごした、と理解していい。人は、自然と一体化したままでは文学を生み出すことができない。自然から離れ、知的鍛錬を積みながら自己形成する中でようやく独自の言葉を紡ぎ出すに到るのだ。牧水も、そのような自己形成法と無縁だったわけではない。しかし、

白鳥《しらとり》は哀しからずや空の青海のあをにも染まずただよふ
幾山河越えさり行かば寂しさの終《は》てなむ国ぞ今日《けふ》も旅ゆく
かたはらに秋ぐさの花かたるらくほろびしものはなつかしきかな
ふるさとの尾鈴《をすず》の山のかなしさよ秋もかすみのたなびきて居り
石越《いしこ》ゆる水のまろみを眺めつつこころかなしも秋の渓間に

うすべにに葉はいちはやく萌《も》えいでて咲かむとすなり山桜花《やまざくらばな》
なつかしき城山の鐘鳴り出でぬ幼かりし日ききし如くに

こうした牧水の名吟・佳吟を読むにつけ、歌の裏に豊かな自然体験が湛えられている、と思われて仕方がない。文学者としての知的鍛錬を積み重ねつつ、一方で自然児的な側面を一生涯棄てなかった牧水、こう呼んでおきたいものである。

「はしり」のもたらしたもの

さて、あと一つ中学時代の牧水について辿っておきたい。牧水が大の酒好きだったことはよく知られているが、「私と酒」、「鮎釣りに過ごした夏休み」、この二編は若い頃の牧水の生活ぶりが伺えるだけでなく、かつての坪谷村の様子も知ることができる好エッセイなのである。

「私と酒」で、牧水は自分のふるさとは暖かい地方であるため「毒蛇類が甚だ少くない」のだが、酒好きもまた多い。だから、「蝮に噛まれて死ぬ数と焼酎飲んで死ぬ数と年々相等しい」などと譬える習慣がある、と語る。で、自分の祖母も酒に関して豪の者だった。その血を承けた父もまた「極めてよく酒を愛した」と述べた後、その父・立蔵との思い出話を披瀝《ひれき》する。小中学校時代の夏休み、繁少年は延岡から帰省すると決まって独りで二階に寝起きした。気ままに朝寝していたのだったが、すると父・立蔵は梯子段《はしごだん》から幾度も首を出しては息子の様子を窺う。なかなか起きないと、ついにはこう声をかけて繁少年を起こしたという。

「繁！　起けんか、今朝は好いぶえんが来たど！」
――親切な父親であったのだ。

ぶえんとは刺身となるべき生魚の俗称である。海岸から五六里山の間に入り込んだ私の村までそのぶえんを運ぶには、夏季は必ず涼しい夜間を選んでひた走りに走つて来なくては腐敗する恐れがあつた。で、ぶえんのことをはしりとも云つた、そのはしりの著くのは定つて早朝であつた。少々眠くとも父のこの声を聞くとどうしても起きないわけに行かなかつた。階下《した》に行つてみると他の家族はすつかり朝飯を済まして唯だ父だけが私を待つて遅れてゐるのである。私が顔を洗つてゐると父は早速そのぶえんを料理して、やがて深い井戸から一升徳利を引き上げる。父は夏季は一切酒を冷して飲んだ。そして背戸に続いて直ぐ山となつてゐる小座敷に他の家族を避けながら其処の障子を悉く取り払つて両人はゆつくりと相対する。何しろ私はまだ十幾歳かの少年、殊に父は極めて寡言の人であつたので双方とも終始殆んど無言で、而も一時間若しくは二時間の楽しい朝食（或は朝酒か）が続くのであつた。

「ぶえん」は、牧水自身が「鮎釣に過した夏休み」の中で「多分無塩とでも書くのであらう」と字を当てているとおりであり、生まのままの新鮮な魚介類を意味する。現在ではあまり使われない語なので方言のように思われがちだが、鎌倉時代の「平家物語」の中でも木曽義仲が「無塩の平茸こゝにあり。とう〳〵」などと口走る場面がある。このように昔から用いられた語なのである。ただ、近代・現代に入ってからは冷蔵・冷凍技術の普及で生まものは珍しい物でなくなったため、死語と化しつつあるだけのことだ。さてその無塩魚をどこから「涼しい夜間を選んでひた走りに走つて」持って来ていたか。これについては、「私と酒」よりも「鮎釣に過した夏休み」の方が詳しい。牧水は「多分無塩とでも書くのであらう」と述べた後、こう続けるのである。

氷も自動車もなかつた当時にあつては、普通の肴屋の持つて来る魚といへば塩物か干物に限られてゐた。中に一人か二人の勇ましいのがあつて涼しい夜間を選んで細島あたりからほんたうの生魚を担いで走つて来る。彼らはもう仕入れをする時からどこには何をどれだけ置いとくときめてやつて来るのだ。だから走りつく早々台所口にかねてきめておいた分を投げ込んで置いてまた次へ走る。乱暴な話で、こちらではもう買ふも買はないもないのである。

これで、無塩魚が細島港の方から運ばれていたことが分かる。距離はおおよそ二十キロはあろう。その間を魚担いで走るなどとは、昔の人たちはまことに元気良かったのである。で、牧水は無塩魚のことを「はしりとも云つた」と書いているが、そのいわれは右の引用文ではっきりしているとしても、当時の坪谷村ないしは東郷あたり全域で使われていた言い方であろうか。だが、少なくとも現在はかなりの高齢の人たちに尋ねても記憶している人はいなかった。「無塩」という語が死語化しているのと同様、あるいはもっと早い時期に「はしり」は忘れ去られたのかも知れない。あるいはまた、一般的に使われていたのではなく、若山家の中で使われていただけ、とも考えられないだろうか。

ともあれ、父の立蔵は自ら新鮮な海の魚を捌いてくれる。やがて、井戸の中に冷やしてあった酒が出てくる。現代の我々は冷やし酒というなら冷蔵庫の中のものしか知らないが、実はあれは冷やし過ぎなのだ。一度、井戸や湧水に酒瓶を置いて試してみると良い。ほんとに口当たり良好な、この上なくおいしい冷やし酒が味わえる。立蔵という酒好き男は、それを知っていたのであった。

小座敷で、父と息子と二人だけの静かな朝飯、というか朝酒。父・立蔵は大人だから朝酒を呑んでかまわないとしても、息子の繁の方はどうだったのか。呑んだのだろうか。「私と酒」は記述が曖昧で、一緒に呑んだのかどうだか分からないままである。しかし、「鮎釣りに過した夏休み」の方では「渋々私が起きてゆく」と、立蔵は膳の上から盃をとって息子に差し出す。しかる後、言うのである。

「マ、一ぱいどま、よかろ」

父親から勧められる。従って、繁少年は間違いなく一、ぱい、どま口に入れていたのだったろう。

白玉《しらたま》の歯にしみとほる秋の夜の酒はしづかに飲むべかりけれ
さびしさのとけてながれてさかづきの酒となるころふりいでし雪
かんがへて飲みはじめたる一合の二合の酒の夏のゆふぐれ
それほどにうまきかと人のとひたらばなんと答へむこの酒の味
夜為事《よしごと》のあとを労《つか》れて飲む酒のつくづくうまし眠りつつ飲む

呑むことをこよなく愛した、真から好きだった、と言われている牧水の酒。酒は牧水を育てもしたし、生かしたし、滅ぼしもした。酒と牧水とは切っても切れない因縁があるわけだが、父親から「マ、一ぱいどま、よかろ」と差し出された夏の冷やし酒体験に裏打ちされているのだから、もう申し分がない、と言うしかない。

第八章　水源への「あくがれ」

旅する人・牧水

牧水はよく旅する人であった。大悟法利雄・著『若山牧水新研究』によると、成人して以後の人生の約五分の一を旅先で過ごしているのだという。細かくいえば、一泊以上のものを「旅」と見なして数えてみたところ、生まれてから死ぬまでの旅行日数の概算は一千六百七十四日、年数にして四年半余りである。牧水は四十三年と一ヶ月足らずの寿命だったから、全生涯の中での旅の比率は約九分の一となる。これをまた社会人となった時点から数え直すと、旅の日数は一千四百三十三日、つまり四カ年弱。成人してから亡くなるまでの年数は二十年余りであるから、計算すると旅をした比率は実に約五分の一を占める、と、こういう次第である。大悟法はまことに詳細な調べをやってのけているのである。旅から旅への日々。単に旅が好きだからそうしたのだ、とは言えない。講演を頼まれて赴くこともあれば、ちょっとした用足しに過ぎぬ時もあったろう。金を作る必要に迫られてあちこちで半切揮毫会を催さねばならぬ時期もあった。それから、自らの主宰した短歌結社を維持したり支持層を広めたりするため、各地へ足を伸ばす必要もあった。

だがどのような動機・理由であるにしろ、新聞・雑誌等の歌の選や原稿執筆といった仕事をこなしつつ、あちこちへ出かけるのだから、並の努力でできるものではない。やはり、もともとたいへん旅を好んだのだと言える。

穏かな酔が次第に身内に廻つて来るとうつら〳〵と或る事を考へ始めて居た。昨日東京堂から受取つて来た雑誌代がまだ其儘財布の中に残つて居る事も頭に浮んで来て、たうとう切り出した。

「オイ、俺は一寸旅行して来るよ。」

一寸驚いたらしかつたが、また癖だ、といふ風で、

「何処に……何日《いつ》から?」

妻はにや〳〵笑いながら言った。

「今から行って来る、上州がいいと思ふがネ、……」

実はまだ行先は自分でもきまらなかつたのである。印旛沼から霞ヶ浦の方を廻つて見たいといふのと、赤城《あかぎ》から榛名《はるな》へ登って来たいといふのと、この二つの願ひは四辺《あたり》の若葉が次第に濃くなると共に私の心の底に深く根ざしてゐたのだが、サテ愈々それを実行するといふのは今のところ一寸困難らしく思はれて、妻にも言ひはしなかつたのであつた。

紀行文「山上湖へ」の一節である。その日、牧水は朝から頑張った仕事に区切りがついたから、昼飯の時には酒を一本つけてもらっている。だから、「穏かな酔が次第に身内に廻つて来」ているのであり、これはもう酒好き牧水の面目躍如たるものがある。しかも酔いに身を任せるだけでなく、金のことを考えているのだが、それはすなわちどうも今から「一寸旅行」へ出かけられそうだ、と勘定している。やおら、「オイ、俺は一寸旅行して来るよ」と言い出すのだから、普通に見ればとても唐突な態度だ。「今から行って来る、上州がいいと思ふがネ、……」と言いながら、まだ本当のところは行く先をはっきり決めているわけではなかった。要するに、理屈やもくろみがあるわけでない、ただやみくもに旅発ちしたい衝動に突き動かされているのだ。妻が「にやにや」と笑いながら応対するのは、毎度のことで慣れているか、諦めているか、どちらかである。

「Y――さんを訪ねるの？」

「ウム、Y――にも逢つて来るが、赤城に登りたいのだ、それから榛名へ。」

と言つてるうちに急に心がせき立つて来た。もうちび〳〵などやつてゐられない気で、惶てて食事をも片附けた。

「それで……幾日位ゐ？」

為方無しといふ風に立ち上つた妻はいつも旅に出る時に持つて行く小さな合財袋を箪笥から取り出しながら、立つた儘で訊いた。

「そうさネ、二日か三日、永くて四日だらうよ、大急ぎだ。」

さう言つてる間に愈々上州行に心が決つて汽車の時間表を黒い布の合財袋から取り出した。上野発午後二時のに辛うじて間に合ひさうだ。袴も穿かずに飛び出した。

妻とのやりとりをやっているうちに、行き先も急に定まるし、気が急きたって袴も穿かずに家を飛び出して行く。「山上湖へ」の旅は大正八年で、牧水はすでに三十五歳であった。いい歳した大人である。しかし、とにかく出かけたくて心落ち着かず、袴を穿くのも忘れて家を飛び出す。この時はたまたま家に金の余裕があったからすんなり発つことができた。だが、そうでない場合も結構あったようで、それでも旅をしたい。やむなく出版社に頼み込んで借金したり印税の前払いを頼み込んだりして旅費の工面をしていたという。体の底から衝き上げて来るものがあり、それを抑えることができないわけで、「幾山河越えさり行かば…」の歌人はこのようにも旅することを好んだのであった。

では、牧水はどのような旅をしていたか。旅の回数も多ければ書き残した紀行文も多いので、一つ一つに当たってみるのは不可能だが、牧水の旅の記録はなかなかにおもしろく、歌人としてだけでなく紀行文作家としても知られていた程であるから、少しだけでも足跡を辿ってみたいものである。そこで浮かび上がってくるのが、紀行文の代表作「みなかみ紀行」である。

草津まで

「みなかみ紀行」の旅は、大正十一年の秋、十月十四日から行われている。もともとは長野県の佐久新聞社主催の短歌会に出席するための、世間並みな言い方では「出張」にすぎなかった。だが、短歌会も無事終わってみれば、あとは自由な時間である。そのまま帰るなら何ということもなく出張旅行はすぐに終了するのだが、牧水はそうはしない。ゆっくりとあちこち巡ってみるつもりである。それも、最初は汽車で群馬県の高崎まで引き返し、東京から一緒に来た者たちとは別れて、自分だけ沼田へ行く。沼田からは片品川に沿うて下野《しもつけ》つまり栃木県の方へ越えて行く計画だった。ところが、弟子や知人と一緒に軽井沢の星野温泉に泊まり込み、酒を飲んだり語らったりするうち、一人っきりの旅計画をすっかり変更してしまう。

「ねエK—君、君一緒に行かないか、今日この汽車で嬬恋《つまごい》まで行つて、明日川原湯泊り、それから関東耶馬渓に沿うて中之条に下つて渋川高崎と出ればいゝぢやないか、僅か二日余分になるだけだ。」

こういう誘い方をするのだから、大人になってからの牧水は一人旅もずいぶん好んだろうが、わりと他の者と連れだって歩き回るのも苦痛に思わないタイプだったかと考えられる。

そうして、夕方の六時に軽井沢旧宿駅から草津軽便鉄道（後の草津電気鉄道、略称・草軽電鉄）に乗り、浅間山の右肩部分を越えて、終点・嬬恋《つまごい》駅へ着いたのが九時であった。その間、三六・八キロ。それを三時間もかけて行くのだからえらくのんびりした鉄道だが、海抜九四二メートルのところから一二〇〇メートル近い高さの高原地帯を越える間、一本のトンネルもない。等高線をなぞるようなかたちでグニャグニャ曲がり、登りのきついところはスイッチバックが設けられていた。時間がかかることは覚悟の上で乗り込むしかない軽便鉄道だった。六里《ろくり》ヶ原《がはら》の二度上《にどあげ》駅では、暗い中、駅だけは少し明るかった。ホームには子を背負った四十歳近い女が屋台店を設け、洋灯（ランプ）を点して柿やキャラメルを売っていた。「そのうちに入れ違ひに向うから汽車が来る様になると彼女は急いで先づ洋燈を持つて線路の向う側に行つた。其処にもまた同じ様に屋台店が拵《こしら》へてあるのが見えた」と牧水は書いている。実際には侘びしい場面だったかと思われるが、牧水の筆致はちょっと宮沢賢治の「銀河鉄道」を彷彿とさせるような幻想的な趣きをもたらしている。このように旅情溢れる道中風景を見ながら、終点まで揺られて行ったのである。

当時の終点駅・嬬恋はもう長野県でなく、群馬県である。ついでに触れておくと、牧水は群馬県へは八回旅しており、これがその八回目だったことになる。この群馬、さらに長野県、山梨県あたりは山に囲まれた地域であるが、牧水はよく出かけているのである。山国のいったいどんなところにそんなにも惹かれたのだったろうか。そのようなことについても、今から追い追い辿ってみたい。

さて、嬬恋の宿に泊まるものの、雨が降る。秋も深まった頃の、山中の雨である。寒い。嬬恋の後は吾妻《あがつま》川沿いに川原湯温泉へ下って、「関東耶馬溪」と讃えられる吾妻溪谷を歩くつもりだったが、この天候で気が変わってしまう。では、どこへ向かうのか。十月十八日、草津温泉（群馬県吾妻郡草津町）へと足を伸ばしたのである。先の軽井沢での計画変更といい、ここ嬬恋においても行く先を変更するのだから、実に風の吹くまま気の赴くまま。ただ、現代では宿泊を伴う旅行ならば予約しておくのが常識であるが、通信手段の行き届いていない当時は違う。行った先で宿を決めるということは普通に行われていたから、牧水のようにちょくちょく行き先を変えても別に不思議でなかったかも知れない。

草津温泉へは大正九年五月にも来たことがあり、このたびの大正十一年の「みなかみ紀行」の旅

草津温泉

は二度目の訪問であった。白根山麓に位置し、標高一一五〇メートルに展開するこの温泉地である。十月も半ばを過ぎようという頃に訪れて、山々は燃えるように紅葉し、もうすでにだいぶん寒かった。その年、あたりは九月には雪が降ったそうである。草津といえば湯治療法の一つとしての「時間湯」が有名で、牧水も同行のK—君（門林兵次《かどばやしひょうじ》）もそれを見物している。牧水は前回旅した折に初めてこの入浴法に接して驚いたそうだが、今度はK—君が初体験で、牧水同様にびっくりした。

　とにかく、「宿に入ると直ぐ、宿の前に在る時間湯から例の侘しい笛の音が鳴り出した」わけである。続いて聞こえ来る湯揉みの音、湯揉みの唄。この湯揉みの時に唄われるのは「草津節」「草津湯揉み唄（草津ヨホホイ節）」で、全国的によく知られた民謡である。のんびりしたうたい回しなので、いかにも湯揉みはのどかな温泉情緒の中で行われるに違いない、などと思われがちだ。しかし、実際は大変な作業だし、湯揉みにかけられる思いも切実なのである。さて、牧水がK—君を誘って時間湯の入り口に行ってみると、中には三、四十人の浴客がいた。むろんすべて裸である。めいめい幅一尺（約三〇センチ）長さ一間（約一メートル八〇センチ）ほどの板を持ち、広い湯槽をとり囲んで一心に湯を揉んでいる。そして、「草津湯揉み唄」を唄う。まず誰か一人が先に唄い、唄い終ると他の者みんなが声を合せて唄う。唄の文句はたいてい猥雑な内容だが、しかしながら「うたふ声は真剣」である。真剣だから、全身汗まみれになって湯を揉み、唄う。自分の揉んでいる湯の泡に見入りつつ、一所懸命うたい続ける。

牧水の記述を直かに辿り、今しばらく時間湯の模様を辿ってみよう。

時間湯の温度はほゞ沸騰点に近いものであるさうだ。そのために入浴に先立つて約三十分間揉みに揉んで湯を柔らげる。柔らげ終つたと見れば、各浴場ごとに一人づ、ついてゐる隊長がそれと見て号令を下す。汗みどろになつた浴客は漸く板を置いて、やがて暫くの間各自柄杓《ひしやく》を取つて頭に湯を注ぐ、百杯もかぶつた頃、隊長の号令で初めて湯の中へ全身を浸すのである。湯槽には幾つかの列に厚板が並べてあり、人はとり〴〵にその板にしがみ附きながら隊長の立つ方向に面して息を殺して浸るのである。三十秒が経つ。隊長が一種気合をかける心持で或る言葉を発する。衆みなこれに応じて「オ、ウ」と答へる。答へるといふより唸るのである。三十秒ごとにこれを繰返し、かつきり三分間にして号令のもとに一斉に湯から出るのである。その三分間は、僅かに口にその返事を称《とな》ふるほか、手足一つ動かす事を禁じてある。動かせばその波動から熱湯が近所の人の皮膚を刺すがためであるといふ。

実にまことに気合いのこもった、規律正しい湯揉みと入浴が行われる。牧水が「隊長」という言い方をしているように、これはもう軍隊の規律のもとに動いているのと同じである。そうでなくては、熱湯によって火傷《やけど》してしまうこととなる。時間湯の模様を述べる牧水の筆致は、十分に具体的であり、丁寧である。言い換えるなら、草津における時間湯という習俗を見つめる際の牧水の視線には何の曇りもない。実に何の先入観もなく、眼前の人間たちの作業に見入っている。だから、読む者はその現場に立ち合ってでもいるかのような臨場感を持てるのではなかろうか。ここに専門的に自然主義文学の良い影響、受容、咀嚼といったことを考察してもかまわないが、それよりなにより眼前の人間模様と向き合っている牧水の視線のまともさに感じ入ることが肝要であろうと思う。ともあれ、このようなきめ細やかな観察の後に次の歌が詠まれている。

たぎり湧《わ》くいで湯のたぎりしづめむと病人《やまうど》つどひ揉めりその湯を
湯を揉むとうたへる唄は病人《やまうど》がいのちをかけしひとすぢの唄
上野《かみつけ》の草津に来《きた》り誰も聞く湯揉《ゆもみ》の唄を聞けばかなしも

作者は実に虚心に見て、自然体で歌を詠んでいる。

牧水と同世代の放浪の俳人・種田山頭火（牧水より三歳上）は、昭和十一年になってからであるが、この草津温泉を訪れている。日記に旅の模様を書き記しているので、ここで山頭火がどのような観察をしたか比較しながら見てみるのも無駄ではなかろう。

山頭火は昭和十一年五月二十一日、牧水と同じように軽井沢方面から草軽電鉄で山越えして草津温泉へ行っている。昭和も十一年だから、牧水の「みなかみ紀行」では嬬恋までしか通じていなかった電鉄ももう草津まで全通して久しかったのである。

草津に着いた日は、日記に「同宿は病遍路、おとなしい老人、草津といふところは何となくうるさい、街も湯もきたならしい、よいとこでもなささうだ、お湯の中にはどんな花が咲くか解つたものぢやない！」と記して、どうも最初っから違和感を抱いたふうである。そして、翌日、「今日一日は休養」と称して「ノンキ」に温泉街を歩き回っている。

湯ノ沢といふ場所へ行った、そこは業病人がうよ〳〵してゐる、すまないけれど、嫌な気持ちになつて、すぐ引き返した、かういふ場所でかういふ人々に心から接触してゐる宣教師諸君には頭がさがる、ほんたうに。
白根神社参拝、古風で、派手でないのがうれしい。
草津気分――湯町情調。
　何だかうるさいと思つたが、一日二日滞在してゐるうちに何となく好きになるから妙、しかし何となくきたない。

湯があふれて川となつて流れてゆく、浪費の快感がないでもない。

山の水を縦横に引いて、山の水はつめたくてうまい。

湯の花、そして草津味噌。
○ロクロくる〳〵椀が出来る盆が出来る。……
昼もレコードがうたひ、三味線が鳴るのは、さすがに草津。

しかし草津シーズンはこれからだ、揉湯、時間湯の光景はめづらしくおもしろい、そして、かなしい。

草津よいとこかよくないとこか、乞食坊主の私には解らん、お湯の中に花が咲くかどうか、凡そ縁遠いものです。

午后、宿のおかみさんに案内されて、しづかなきれいなぎの湯といふのへゆく、なるほど不便なだけしづかで、紙ぎれや綿ぎれがちらばつてゐない、しかしこゝもやつぱり特有の男女混浴だ、男一人（私に）女五人（二人はダルマ、二人は田舎娘、一人は宿のおかみさんだ）、ぶく〳〵下から湧く、透き通つて底の石が見える。


牧水は大正十一年、山頭火は昭和十一年、だいぶん訪れた時期が隔たってはいるもの、草津温泉を取り巻く環境はさほど変わっていなかったのである。だが、同世代のこの二人の草津観察はかくのごとく趣きを異にしている。なにより山頭火の日記に特徴的なのは草津をあまりきれいでないところ、と認識している点であろう。日記の記述で読む限りでは、紙ぎれや綿ぎれが散乱することを汚らしく感じているふうである。これは、皮膚の病いを持つ人たちが患部にあてていたものが落ちていたものと考えられるが、草津温泉という湯治場ではさして珍しくもない風景だったろう。そんな中で、共同浴場「凪の湯」はそういうのが見られないために、男女混浴であったものの心静かに入浴することができた、と読める。あとは、草津はきれいでないから、真正面から見物しようとしていない。牧水が詳しく写し取った時間湯については「揉湯、時間湯の光景はめづらしくおもしろい、そして、かなしい」と、通り一遍の書き方で済ませている。ただし、山頭火はハンセン病の人たちがそこでだけ湯治することを許されていた湯ノ沢へ足を運んでみている。こういう点は、やはりさすがなものだと言える。世俗からこぼれ落ちて底辺をさすらった俳人は、このように町の隅っこへ視線を注ぐことだけは身についていたのであろう。

それにしても、牧水のまともな目の注ぎ方と比べて、放浪の俳人の目はどうも斜めに構えている嫌いがある。山頭火は第二の故郷・熊本に住み着ききれず、放浪・遍歴の境涯を生きた人であった。埃まみれ、汗まみれの旅を重ねる人であった。だが、自身の汚さは棚に上げたかのような気配ではないか。ただ、当時の草津温泉街の猥雑さだけはあやまりなく捉えられている。牧水も山頭火も共に放浪癖の強さでは共通するかと思うが、しかし、こうなると似た者同士とは言えない。互いの資質・体質の違いがこんなところに意外と見えてしまっているのではなかろうか。

草鞋を履いて峠越え

さて、十月十九日、牧水とK—君は草津を発って東の方へ向かう。「起きてみれば案外な上天気である。大喜びで草鞋《わらぢ》を穿く」と牧水は書く。牧水は草鞋が好きなのだ。ちなみに、上田治史・著『若山牧水』には、この旅の時の牧水は「終始草鞋《わらじ》脚絆《きゃはん》尻端折《しりはしより》という牧水独自の旅装束だった」、そして「半月程の山歩きで荷物を通して洋傘を担ぐため、肩の処がすっかり摺り切れ綿がはみ出ている始末であった」とある。

草津の温泉町を出てから緩やかに白根山の裾野を下ってゆけば、六合《くに》村である。谷間には生須《なます》村・小雨《こさめ》村といった小村が存在する。これら谷間の村は草津の側から言えば「冬住みの村」である。つまり、明治時代頃まで冬の厳寒の時季には草津の町は雪に閉ざされ、寒さが厳しくて、住めるところではなかった。そこで、冬の始まりの頃から春の雪解け頃まで、草津の人たちは谷の方へ降りて行って暮らしていた。

おもはぬに村ありて名のやさしかる小雨《こさめ》の里といふにぞありける
学校にもの読める声のなつかしさ身にしみとほる山里過ぎて
枯れし葉とおもふもみぢのふくみたるこの紅《くれな》ゐをなんと申さむ
落葉松《からまつ》の苗を植うると神代《かみよ》振り古《ふ》りぬる樒をみな枯らしたり
樒《なら》の木ぞ何にもならぬ醜《しこ》の木と古りぬる木々をみな枯らしたり

とりどりに紅葉した雑木林の中を歩いて谷へ出る、普通の農家と違わないような素朴なたたずまいの小学校を見かけたり、川原へ降りて昼飯を食べる。大自然の豊かさの中で目一杯楽しんでいる様子である。かと思えば、立ち枯れの木々を見かけて、それらみな楢の木である。楢を人工的に枯らして、代わりに落葉松の苗が植えられており、牧水をたいへん寂しがらせている。自然なままの環境にこうして人の手が大がかりに加わることへの、心からなる嘆き、憤り。牧水は自然なままの大自然をこよなく愛するのである。それも、牧水の育った坪谷の村は照葉樹の茂るところであるが、ここ群馬あたりは落葉広葉樹に覆われている。自らの故郷に似た山岳地帯でありながら、また違った樹林が展開する風景は、とても旅情をそそったと思われる。

そうして野中の道が二つに分かれるところへ来たのだが、「右沢渡《さわたり》温泉道、左花敷温泉道」と記した道標が立っていた。牧水は右の方の沢渡温泉へ向かう予定だったのだが、道標の「花敷温泉」というのに惹かれて、予定をまたまた変更してしまう。以前に、長野県の渋温泉へ旅した折、年老いた案内人から「花敷温泉」のことを教えられたことがあった。「高い崖の真下の岩のくぼみに湧き、草津と違つて湯が澄み透つてゐる故に、その崖に咲く躑躅《つつじ》やその他の花がみな湯の上に影を落す、まるで底に花を敷いてゐる様だから花敷温泉といふのだ」と老人は言ったのだそうで、以来、気になっていた地名だったのだ。

この枯野猪《しし》も出でぬか猿もゐぬか栗美しう落ちたまりたり
先生の頭の禿《はげ》もたふとけれ此処《ここ》に死なむと教ふるならめ

今までよりも険しい道を辿り、小さな村を通り抜け、谷間の小学校で年老いた先生が二十人ほどの生徒たちに体操を教えているのを眺めたり、遙か真下の白砂川《しらすながわ》の瀬音を聴いたりしながらその花敷温泉（六合村）へ着く。そこは谷の底に二、三軒の家がへばりついている、まことに寂しい温泉場であるが、牧水はそのような寂しさをものともしない。歌の中でしばしば「寂しさ」や「哀しさ」を直かに表明する歌人であるにしては、実際の行動はこのようにむしろ人跡稀なところを好むのだ。一軒の宿（関晴館本館）に入り、湯浴みするのだが、湯槽は宿の敷地内にはなかった。川を隔てた向うの方の山陰にあった。こうなると、鄙びた温泉というよりむしろ「秘湯」と称すべきである。

真裸体《まはだか》になるとはしつつ覚束《おぼつか》な此処の温泉《いでゆ》に屋根の無ければ
折《をり》からや風吹きたちてはらはらと紅葉は散り来《く》いで湯のなかに

崖の下のいで湯だから、屋根もない。風が吹けばはらはらと湯の中へ紅葉が落ちて来る。透明な湯だから、湯に浮いたり沈んだりする紅葉はさぞかし美しかろう。花敷温泉に限らず白砂川沿いの谷に散在する温泉は無色透明である。草津温泉の酸度の強い白濁した湯に比べて柔らかな泉質なので、草津の湯で爛れた肌を治すには良い。そこで、昔から草津で湯治をした後の「上がり湯」として人々が利用してきたのだという。

翌日、未明に起きてまだ薄暗いうちに出立したが、足下に雪がまだらに落ちていることに気づく。あたりを見回すと、確かに、山々も白いのだ。

ひと夜寝てわが立ち出づる山かげのいで湯の村に雪降りにけり

十月の二十日。群馬県の山中には、すでに冬の気配が忍び寄っていたのである。

さて、それから牧水とK―君は前の日に通ってきた道を引き返し、峠道へ入り、暮坂峠《くれさかとうげ》（標高一〇八六メートル）を越える。この峠のことは「ひろ〴〵とした枯芒《かれすすき》の原、立枯の楢《なら》の打続いた暮坂峠の大きな沢に出た」と簡単に記しているだけである。だがこの峠越えについては、牧水は「枯野の旅」と題した作品をのこしている。

○
乾きたる
落葉のなかに栗の実を
湿りたる
朽葉《くちば》がしたに橡《とち》の実を
とりどりに
拾ふともなく拾ひもちて
今日の山路を越えて来ぬ

長かりしけふの山路

楽しかりしけふの山路
残りたる紅葉は照りて
餌に餓うる鷹もぞ啼きし

上野《かみつけ》の草津の湯より
沢渡《さわたり》の湯に越ゆる路
名も寂し暮坂峠

〇
朝ごとに
つまみとりて
いただきつ

ひとつづつ食ふ
くれなゐの
酸ぱき梅干

これ食へば
水にあたらず

濃き霧に巻かれずといふ

朝ごとの
ひとつ梅干
ひとつ梅干

○

草鞋よ
お前もいよいよ切れるか
今日
昨日
一昨日《をとつひ》
これで三日履いて来た

履上手《はきじやうず》の私と
出来のいいお前と
二人して越えて来た
山川のあとをしのぶに
捨てられぬおもひもぞする

なつかしきこれの草鞋よ

○

枯草に腰をおろして
取り出す参謀本部
五万分の一の地図

見るかぎり続く枯野に
ところどころ立てる枯木の
立枯れの楢《なら》の木は見ゆ

路はひとつ
間違へる事は無き筈
磁石さへよき方をさす

地図をたたみ
元気よくマッチ擦るとて
大きなる欠伸《あくび》をばしつ

○

頼み来し
その酒なしと
この宿の主人《あるじ》言ふなる

破れたる紙幣とりいで
お頼み申す隣村まで
一走り行《い》て買ひ来てよ

その酒の来る待ちがてに
いまいちど入るよ温泉《いでゆ》に
壁もなき吹きさらしの湯に

旅好きの牧水の心情が、外連味《けれんみ》なくよく表れた詩だと言える。特に「名も寂し暮坂峠」、このワンフレーズでこの詩は広く知られ、暮坂峠は印象深い地名となった。それと、詩に織り込まれている草鞋への思い。使い古した草鞋を捨てきれない、哀惜の思いが表明されている。先に触れたように、草鞋は牧水にとって格別のものがあったようなのである。エッセイ「草鞋の話旅の話」の中で、こう述べる。

暮坂峠

私は草鞋《わらぢ》を愛する、あの、枯れた藁《わら》で、柔かにまた巧みに、作られた草鞋を。

あの草鞋を程よく両足に穿《は》きしめて大地の上に立つと、急に五体の締まるのを感ずる。身体の重みをしつかりと地の上に感じ、其処から発した筋肉の動きがまた実に快く四肢五体に伝はつてゆくのを覚ゆる。

呼吸は安らかに、やがて手足は順序よく動き出す。そして自分の身体のために動かされた四辺《あたり》の空気が、いかにも心地よく自分の身体に触れて来る。

牧水にとって、草鞋は、便利であるかないかという以前に自身の気力充実を促してくれる履物だったようである。大正時代も後期、そのころすでに草鞋は日常穿くようなものではなくなっていた。明星派の与謝野鉄幹・平野萬里・北原白秋・吉井勇・木下杢太郎の五人による紀行文「五足の靴」は明治四十年の成立であるが、五人のうち鉄幹以外は牧水と同年か一つ違いであった。明治四十年当時、すでに彼等は草鞋でなくしっかりした靴に両足を固めて旅をしている。そのハイカラぶりに比べて、大正十一年の牧水の地味さはどうだ。だが、牧水はあえてそれを愛用した。旅好きな人間には、当時、そういうタイプの草鞋愛用者がまだまだいたのであろうか。

「みなかみ」にて

さて、旅は続く。暮坂峠を越えた後、沢渡温泉を経由して四万《しま》温泉に泊まり、冷たいあしらいをされて「いかにも不快な印象」を受けるが、まあ旅をしていればいろいろのことがあるということであろう。十月二十一日の午前中には中之条へ出て、吾妻川沿いに下って渋川経由、K―君は渋川で別れる。沼田に一泊。つまり、いったん山間部から出て、平地で過ごすのだ。宿屋では、牧水の主宰していた歌誌『創作』に加わっている若者たちの訪問を受ける。こういう点には如実に歌人としてのポジションが伺えるわけで、各地に牧水を慕う者たちがいたのであった。

十月二十二日、牧水はまた山奥へと足をむける。利根川筋を上流へと辿る途中で左に入る道、昔の三国街道が走っている谷である。谷のどん詰まり、峠頂上への上り口に位置するのが一軒宿の法《ほう》師《し》温泉であるが、牧水はそこを目指したのだった。

その日の始めに、牧水はこう記す。

私は河の水上《みなかみ》といふものに不思議な愛着を感ずる癖を持つてゐる。一つの流《ながれ》に沿うて次第にそのつめまで登る。そして峠を越せば其処《そこ》にまた一つの新しい水源があつて小さな瀬を作りながら流れ出してゐる、といふ風な処に出会ふと、胸の苦しくなる様な歓びを覚えるのが常であつた。

と書き、さらに続けて四年前に同じ利根川筋の湯桧曽《ゆびそ》というところまで谷を入り込んで行った時のことに触れ、「銚子の河口であれだけの幅を持つた利根が石から石を飛んで徒渉出来る愛らしい姿になつてゐるのを見ると、矢張り嬉しさに心は躍つてその石から石を飛んで歩いたものであつた」と述懐するのだ。しかも、その四年前の旅のことをレポートした「利根の奥へ」では、「元来私は峡谷の、しかも直ちに渓流に沿うた家に生まれた。そして十歳までを其処で育つた。そんなことのあるためか、渓谷といふと一体に心を惹かれ易い」と記して自分に「渓谷」への親近感が強いということを言っていた。今度はそれが一歩踏みこんで、「水源」指向が表明されているのである。なんにしても、群馬県等のいわゆる「みなかみ」をなす山間部へと足がどうしても向いてしまう自身の性向を、端的に表明しているのではなかろうか。「みなかみ」とはすなわち川の源流部であり、どんな大きな河川であっても「石から石を飛んで徒渉出来る愛らしい姿」となっている。牧水は、そのような源流部の愛らしい姿を見るにつけ身体全体に歓びを覚える、と言うのである。大自然への大いなる親和感がなくてはこういう感覚は持てないのだろうが、また特に水の流れというものに対して根源的な興味・関心・共感がそこには存在するものと思われる。

さて、牧水は沼田から同行者となったU―君（牛口善兵衛）と共に法師温泉へと足を伸ばす。U―君は谷の入り口の猿ヶ京《さるがきょう》村の者である。そして彼から、このあたりに牧水を慕うM―君もH―君も住んでいることを教えられる。実際、M—君にはすぐに会えた。こんな山の奥の村にも、彼以外にも牧水主宰の歌誌に所属する人がいた。牧水はこのことに驚嘆し、彼らを「同志」と呼んでいる。山奥とはいえ、この村は江戸時代の寛文年間に沼田の城主の虐政に義憤を抱き、農民のために立ち上がり、磔《はりつけ》の刑に処された義民・磔《はりつけ》茂左右衛門や塩原太助の生家がある。さらには高橋お伝もこの村の生まれである。牧水は村にまつわるそのようなもろもろの話や、「同志」すなわち歌の弟子たちとの出会いも忘れず紀行の中に書き記している。

だが、やはり、旅情をいたく刺激したのは法師温泉に一泊しての帰りに瞽女《ごぜ》たちと出くわしたことである。

吹路《ふくろ》の急坂にかゝつた時であつた。十二三から廿歳までの間の若い女たちが、三人五人と組を作つて登つて来るのに出会つた。真先の一人だけが眼明で、あとはみな盲目である。そして、各自に大きな紺の風呂敷包を背負つてゐる。訊けばこれが有名な越後の瞽女《ごぜ》である相だ。収穫前の一寸した農閑期を狙つて稼ぎに出て来て、雪の来る少し前に斯うして帰つてゆくのだといふ。

「法師泊りでせうから、これが昨夜だつたら三味や唄が聞かれたのでしたがね。」

とM—君が笑つた。それを聞きながら私はフッと或る事を思ひついたが、ひそかに苦笑して黙つてしまつた。宿屋で聞かうよりこのまゝこの山路で呼びとめて彼等に唄はせて見たかつた。然し、さういふ事をするには二人の同伴者が余りに善良な青年である事にも気がついたのだ。驚いた事にはその三々五々の組が二三町の間も続いた。すべてゞ三十人はゐたであらう。落葉の上に彼等を座らせ、その一人二人に三味を掻き鳴らさせたならば、蓋し忘れ難い記憶になつたであらうものをと、そゞろに残り惜しくも振り返へられた。這う様にして登つてゐる彼等の姿は、一町二町の間をおいて落葉した山の日向に続いて見えた。

牧水はこういう人たちに注目の眼差しを寄せて、文章に綴ることをまめに行う旅人だったのである。列の先頭を目のちゃんと見える者が歩き、その後を盲目の瞽女たちが列をなしてついて行く。その数三十人というから、大正十一年当時いかにそのような生業《なりわい》の人たちが多かったかを示す、これは文学的紀行文であると同時に時代の記録、それも歴史の表面上には現れない庶民の生態を記録し得ているのである。

牧水は法師温泉から下流へと戻り、猿ヶ京温泉のちょっと下、湯宿《ゆじゅく》温泉に一泊する。そこには前の日訪ねてみて留守だったH―君（林銀次）が面会に来てくれる。翌十月二十四日に沼田町まで下ると、土地の歌人たちとの歌会。牧水が来たとなれば人が集まるわけで、やはり牧水は広く名の知れた有力歌人なのであった。二十五日には、片品川の谷へと入る。この川の源流部は日光連山の中にあり、それを越えて行こうというもくろみであった。みんなから送り出され、中でもK―君（生方吉次）は老神《おいがみ》温泉まで同行してくれた。二十六日、そのK―君とも別れて、あとは一人旅である。紅葉も終わりかけた片品川沿いに源流部へと路を辿るのだった。一人で歩いたり、案内人に導かれたりしながら、道中、二十七日には、牧水は水の流れもさることながら山の樹木にも感嘆の目を注いでいる。

湯《ゆ》宿《じゅく》温泉　牧水の泊まった部屋

坂を登り切ると、聳えた峰と峰との間の広やかな沢に入つた。沢の平地には見る限り落葉樹が立つてゐた。これは楢《なら》でこれが山毛欅《ぶな》だと平常《へいぜい》から見知つてゐる筈の樹木を指されても到底信ずる事の出来ぬほど、形の変つた巨大な老木ばかりであつた。そしてそれらの根がたに堆く積つて居る落葉を見れば、なるほど見馴れた楢《なら》の葉であり山毛欅の葉であるのであつた。

「これが橡《とち》、あれが桂《かつら》、悪《あく》ダラ、沢胡桃《さはぐるみ》、アサヒ、ハナ、ウリノ木、……」

事ごとに眼を見張る私を笑ひながら、初め不気味な男だと思つた案内人は行く〳〵種々の樹木の名を倦《う》みもせずに教へて呉れた。それから不思議な樹木の悉くが落葉しはてた中に、をり〳〵輝くばかりの楓の老木の紅葉してゐるのを見た。おほかたはもう散り果て、ゐるのであるが、極めて稀にさうした楓が、白茶けた他の枯木立の中に立混《たちまぢ》つてゐるのであつた。

そして眼を挙げて見ると沢を囲む遠近《をちこち》の山の山腹は殆んど漆黒色に見ゆるばかりに真黒に茂り入つた黒木の山であつた。常盤木の森であつた。

「樅《もみ》、栂《とが》、檜《ひのき》、唐檜《たうび》、黒檜《くろび》、……、……、」

と案内人はそれらの森の木を数へた。


樹木の一つ一つに興奮気味に眼を見張る時の牧水の様子が、手に取るように伝わってくるではないか。このように豊富に茂ってこそ、水源涵養林の面目が果たされるというものだ。牧水の育った坪谷やその奥の山中にも水源涵養林をなす一帯は広々と存在するが、植生は共通するものもあれば全くないものもある。九州と関東甲信越地方とでは、森林の顔つきは相当に違う。だが、牧水を喜ばせるのは、その豊富さであった。しかも、大自然の中を旅する歌人の満足感・充実感は、やはり、幼い頃に坪谷の谷間で過ごす中から培われたものであったろう。

こうして牧水は、ついに川の水源である丸沼へと到着する。沼のほとりの一軒の小屋には老人が二人いて、泊めてもらうこととなった。釣りもさせてくれた。小舟を操って深みの方へ行き、竿を振る。ぐいと当たりがあって、上げてみると一尺ほどもある大きな美しい魚。たぶん鱒だろう。「旦那は上手だ」と案内人が側で呟くのだが、決してお世辞ではなかったはずである。なにせ牧水は小さい頃から竿を振るのには馴れていた。というより、そのような遊びはそれこそお手の物、得意中の得意だったのである。

もうすでに「みなかみ紀行」は最終部分に入って来ている。

十月二十八日、牧水は丸沼畔を離れてまた歩く。沼の小屋の番人が道案内をしてくれた。長い坂を登り果てるとまた沼があった。菅沼である。そこを過ぎて林の中を通っていたら、道ばたの草むらを押し分けてむくむくと水の湧き出ているのを見かけた。老番人は、これが菅沼・丸沼両方の源になる湧水だ、と教えてくれる。牧水は躍り上がる。「それらの沼の水源と云へば、とりも直さず片品川、大利根川の一つの水源でもあらねばならぬ」という事実に気づいたからであった。

　ばしゃ〳〵と私はその中へ踏みこんで行つた。そして切れる様に冷たいその水を掬《く》み返し〳〵幾度となく掌に掬んで、手を洗ひ顔を洗ひ、頭を洗ひ、やがて腹のふくるゝまでに貪り飲んだ。

法師温泉の谷へ入ろうとする折りに「私は河の水上といふものに不思議な愛着を感ずる癖を持ってゐる」と洩らした牧水であったが、それが実際に行動に表われるとこういうことになるのであった。十月下旬の山中、秋も深まって、大気はむろん水も相応に冷たくなっていたはずだ。それをものともせず中へ入り込み、腹の膨れるまで水源の水を飲む。欣喜雀躍《きんきじゃくやく》などという言い方があるが、それはまことに歓びの極まった証左であった。子供のように無心で無邪気な行ないではないか。

ここで、牧水の若い頃の「けふもまたこころの鉦《かね》を打ち鳴《なら》し打ち鳴しつつあくがれてゆく」という歌を思い返して良いのかもしれない。「あくがれ」とは、何に対して「あくがれ」るのか。若者に特有の理想への希求が当然のことながら考えられる。それも、なかなか具体的には言語化できないものでもあったろう。しかし、ここでこのようにも「みなかみ」への熱い思いが語られているのを目にしたら、「あくがれ」の対象物の一つとしてこれも加えて良いような気がするくらいである。だが、それはそうだとしても、牧水の小さい頃、実は坪谷川でも同じ光景が見られたのではなかったろうか。そう、実に牧水の「みなかみ紀行」に読み取れるのは、大自然特に源流部への親近感であるが、その場合身体で感じた水の感触は、必ず小さい頃に坪谷でも味わっていたものであったろう。

おもひやるかのうす青き峡《かひ》のおくにわれのうまれし朝のさびしさ
ふるさとの美美津《みみつ》の川のみなかみにさびしく母《はは》の病《や》みたまふらむ
起き出でて戸を繰れば瀬はひかり居り冬の朝日のけぶれる峡《かひ》に

牧水は自身のふるさと坪谷を「峡のおく」「美美津の川のみなかみ」と呼ぶ。実際は、どうだろう。そこより上流も、また下流の方も「渓」らしさがあるものの、坪谷の特に牧水の育ったあたりは少し土地が開けており、むしろ小盆地の中の平らなところという印象が強い。さらに「みなかみ」というのも、あくまで耳川河口の美々津の町からすれば上流であるに過ぎない。坪谷はあくまで源流部でなく、源流からひとしきり下ったところに営まれる小村である。だが、源流部から流れ出て来た水の感触が十分に体感できるところである。ここで、大正七年刊行の歌集『さみしき樹木』の中に渓谷を詠った連作があったのを思い出す。

疲れはてしこころの底に時ありてさやかにうかぶ渓《たに》のおもかげ
何処《いづく》とはさだかにわかねわがこころさびしき時に渓川《たにがは》の見ゆ
独《ひと》り居て見まほしきものは山かげの巌《いは》が根ゆける細渓《ほそたに》の水
巌《いは》が根につくばひ居りて聴かまほしおのづからなるその渓《たに》の音
五百《いほへ》山峰《やまみね》にしら雲立たぬ日もひびきすずしきその渓《たに》をおもふ
わが居《を》ればわが居るところ真《ま》がなしき音に出でつつ見ゆる渓川《たにがは》

こういうふうに歌を連ねたあとで、「いろいろと考ふるに心に浮ぶは故郷の渓間なり」と詞書した次の一首が来る。

幼き日ふるさとの山に睦みたる細渓川《ほそたにがは》の忘られぬかも

いろいろとあちこちを旅し経巡りして各地の渓に惹かれるものの、忘れられぬのは自分のふるさとを流れる「細渓川」である、と打ち明けるのだ。小さい頃から家の前の坪谷川に親しみ、イダやハヤ等はおろか仕掛けや釣り方に技術を要する鮎掛け漁も覚えて、父親より上手であった牧水。源流部から流れ下って来る冷たい水の澄み具合や勢いの強さなどを、しっかり全身で感じながら育った牧水。だからこそあちこちの渓のことを思い浮べてみる時も、結局はふるさとの景色へと思いがめぐっていくのである。

こうして考えてみると、「みなかみ紀行」に見られる源流部へのあくがれ、それは己の原風景を旅することでもあった、と言えるのではなかろうか。

ともあれ、このように水源の湧水に歓喜した後、日光の方へと越えて牧水の「みなかみ紀行」は終わるのであった。

第九章　牧水への旅

若山牧水の作品を読んでいると、縁《ゆかり》のある土地へ足を運んでみたくなってくる。牧水のふるさとである宮崎県日向市東郷町坪谷や高等小学校・中学校と学校生活を送った延岡市へは一時期ひんぱんに訪れてみた。牧水の祖父の生地である埼玉県所沢市神米金《かめがね》も訪れてみた。ただ、そうしたことは、その人と文学について考究する際には当然やっておくべきことであろう。だが、それだけでなく牧水の紀行文「みなかみ紀行」があんまり面白いものだから旅のルートを実際に辿りたくなり、ついに十日間ほど旅したことがある。第八章「水源への『あくがれ』」は、その時の旅が下敷きになっている。こうなると、もう旅したくてしようがない、という思いに突き動かされて出かけているのである。

小諸

平成二十年四月、長野県小諸市に一泊した。ここへ行ったのは、

かたはらに秋ぐさの花かたるらくほろびしものはなつかしきかな
白玉の歯にしみとほる秋の夜の酒はしづかに飲むべかりけれ

等の歌が詠まれた地を見たかったからであった。あのとき九州では桜が咲いていたが、小諸は雪が残っていてまだまだ寒かった。泊まった宿は小諸城址のすぐ近く中棚荘という老舗の温泉宿で、そこは実は前の年の八月に一度世話になったことがあったのだった。といってもその折りは長野県松本市へ行ったついでに寄ってみただけであった。

中棚荘は島崎藤村が贔屓《ひいき》にしたという宿である。春まだ浅い四月一日、宿のある下の方を千曲川が流れ、例の有名な詩「千曲川旅情の歌」の風情を体感するにはちょうど頃合いであった。女房も一緒の旅で、夕方、酒を酌みながら藤村の「小諸なる古城のほとり／雲白く遊子かなしむ……」や牧水の「白玉の……」を話題にしながら食事するのはなかなかに愉しかった。ところが、そんなところへかねてたいへん親しくしていた友人が事故死したとの訃報が届いて、呆然となった。さらに夜半には女房の叔父が亡くなったとの連絡も入り、あと何日間かは牧水ゆかりの地を巡ってみる予定だったのを急遽取りやめて翌日のうちに帰ることとしたが、すっかり眠れぬ一夜となってしまった。

翌日、信州大学教授の遠藤恒雄氏が午前中だけ牧水ゆかりの場所を案内してくださった。せっかく来たのだから、少しだけでも見ておけば良いから、とのご配慮だった。

牧水は明治四十三年（一九一〇）九月、当時二十五歳だったが、園田小枝子との大恋愛が破綻して旅に出た。山梨県境川村の俳人・飯田蛇笏宅に十日間滞在して後、小諸の友人・岩崎樫郎の勧める田村病院に来る。田村志津枝『若山牧水・さびしかなし』によれば、その頃はまだ鉄道が不便で、山梨の甲府からさえ松本・篠ノ井と遠回りに乗り継いで行かねばならず、約十時間かかったのだという。小諸駅に来たときの牧水は、浴衣一枚で寒さに首をすくめていた。岩崎の母親がそれを見かねて袷《あわせ》の着物や羽織を貸してやったのだという。ともあれ、牧水ははるばると小諸へやってきて、ここで約二ヶ月静養した。その間に詠んだ短歌の内、世に知られることとなったのが「かたはらに……」「白玉の……」である。

最初、宿のすぐ近く小諸城址懐古園に連れて行ってもらったが、飾り気のない城で感じが良い。そしてまた城址内に「かたはらに……」の歌を刻んだ碑があるのだが、これが石垣に直接刻まれている。昭和九年（一九三四）、この城の中に住んでいた宮坂古梁が牧水の七回忌に合わせて長野県内の歌人たちに呼びかけ、作ったのだそうで、近くには例の藤村の「小諸なる古城のほとり……」の詩碑もある。なにしろ石垣の石に刻んだ歌碑なので、目立たない。うっかり見落とす人が多いそうである。人によっては、わざわざ牧水歌碑を見に来たのに案内者がいないので探し出せずに帰ってしまう場合もあるという。しかし、派手で目立つ文学碑よりも、こんな工夫のない素朴な碑は悪くないものだ、と思った。まして「かたはらに……」の歌の風情にはぴったりであろう。

それから小諸の町へ出たが、駅は旧信越本線時代は乗降客で賑わったそうだ。新幹線が横を通り抜けてしなの鉄道の一駅とされてから駅も駅前の商店街もさびれてしまっている。だが、町を歩くと北国街道の宿場だった頃の名残りがあちこちに見られて趣きがある。間近には、浅間山が見え

小諸旧本陣

ている。たっぷりと時間があるのなら、散策するには実にもってこいの町である。ただ、あのときは近しい人の死が悲しくて、正直なところ落ち着きをまったくなくしていた。

それでも、遠藤氏は牧水の滞在した田村病院の建物内に見学しに入れるよう取りはからってくださった。そこは旧北国街道に面していて、病院の建物は江戸時代には参勤交代の大名などが宿泊していたので、本陣と呼ばれていたそうで、木造三階建てのどっしり落ち着いたたたずまいである。牧水が起居したという二階の部屋を覗いてみたが、「小諸なる医師《くすし》の家の二階より見たる浅間の姿《なり》のさびしさ」という歌が髣髴《ほうふつ》とされて、これだけでも来た甲斐があったと思った。その部屋では「白玉の……」の歌も詠んだのだったろう。

それから牧水の通ったという造り酒屋、昔から町にあるという骨董品店等々、案内してくださった。あとは佐久市へ出て、土地名物の鯉料理を御馳走になり、新幹線に乗って東京へ出た。羽田空港で切符を買い換えて、夜の便で九州へ飛んだのであった。

あわただしい小諸訪問だったものの色々見てまわることができたが、「かたはらに……」の歌については、あのときも今も気になっている。この歌は、懐古園での作だとされている。歌の中の文言通りに読めば、滅びてしまった古城の秋の風情をうたったものであろう。滅びたものへのなつかしさを秋草が語る、これは牧水ならではの感性だ。同じ小諸滞在時の歌に、「胡桃《くるみ》とりつかれて草に寝てあれば赤とんぼ等《ら》が来てものをいふ」というのがあって、同じような味わいである。牧水は大自然の中の木々や草花や昆虫やらと交感する心根の持ち主で、その特性がフルに発揮された作ではなかろうか。歌碑を眺めた時も、そして今でもこの歌をそう理解している。こうした読み方がある一方で、「かたはらに……」の歌を、園田小枝子との失恋の痛手をうたったと受け止める向きも多い。確かに、小諸滞在時の牧水は憔悴しきっていたようだ。当時の歌を辿ると、

酒飲めばこころ和《なご》みてなみだのみかなしく頬をながるるは何《な》ぞ
あはれ見よまたもこころはくるしみをのがれむとして歌にあまゆる
かなしみに驕《おご》りおごりてつかれ来ぬ秋草のなかに身を投ぐるかな
秋くさのはなよりもなほおとろへしわれのいのちのなつかしきかな
恋人よわれらひとしくおとろへて尚《な》ほ生くることを如何《いか》におもふぞ

恋の苦悩を詠んだものが次々に出てくる。ただ、だからといって「かたはらに……」をすぐさま失恋の問題と結びつけるには歌全体がさびさびしたトーンで似つかわしくないのではないだろうか。もっとも、歌が成立した時点での作者はまだ青春まっただ中にあったのに、そのような若い作者が秋草に「ほろびしものはなつかしきかな」と語らせる、これは年寄り臭い。同じ頃に「秋くさのはなよりもなほおとろへしわれのいのちのなつかしきかな」という歌も詠んでいることだし、だから、あるいはそのように老成した表出をしてしまう裏側にやはり失恋による疲弊感がただよっていた、ということにはなるだろうか。

小諸にはもう一度行って、じっくりゆっくり歩いてみたいとの思いが、時折り噴き上げてくる。そんな時は身のうちが熱くなり、落ち着かなくなってしまう。

三浦半島

平成二十五年の春には、東京へ出たついでに神奈川県の三浦半島へ行ってみた。この時にはエッセイストの乳井昌史氏がつきあってくださった。

四月十七日、品川駅で乳井氏と待ち合わせて京急線に乗り込み、約一時間余かけて京急長沢駅に着いた。電車を降りると、あたりは新緑がみずみずしい。駅から徒歩五、六分で北下浦海岸へ出る。曇り気味だったが、目の前に胸のすくような大海原が広がっていた。海辺の高台に平屋の立派な建物があって、そこが長岡半太郎記念館でもあり若山牧水資料館にもなっている。係の女の人の説明によれば、物理学者の長岡半太郎が別荘に使っていた土地なのだそうだ。さらに、ここ下浦は牧水が大正四年（一九一五）三月から一年十ヶ月ほどの間、妻・喜志子の病気療養のために夫婦で仮住まいした地でもある。地元に熱心な牧水ファンが居て、自分の持っている資料類を全部この記念館に寄付してくれたため、「若山牧水資料館」としての機能もあわせ持つようになったのだという。

資料館を見学した後、砂浜の方に出たら、歌碑が二基あった。一つは表に牧水の有名な歌「しら鳥はかなしからずや空の青海のあをにも染まずただよふ」、そして裏には喜志子の「うちけぶり鋸山の浮び来とけふのみち潮ふくらみ寄する」が刻まれた夫婦歌碑である。もう一つの歌碑には、牧水の「海越えて鋸山はかすめども此処《ここ》の長浜浪立ちやまず」、この歌である。歌に詠まれているように、天気の良い日だと海の向こう側に房総半島が見え、半島のシンボル的存在である鋸山の姿を楽しめるらしい。浜にたたずんで、眺めているだけで気持ちいい。ヨットに乗って遊んでいる若者がいたが、天下を取ったような爽快さを味わっているのではなかろうか。

牧水は、ここへ移って来た当初、友人へこう便りしている。

下浦をば君は知つてゐるのか知ら、実にあつけないさびしい所だネ、愈々こゝに住むのだと思ふと、何とも云へぬ予期しなかつた心細さが身にしみる、来てからまる五日になるのだが、まだ何も手につきません、でも病人は喜んでゐます、実際彼女のためにも僕のためにもい、ことには相違ないでせう。

（大正四年三月二十四日、西村陽吉宛て）

自分のためにも妻のためにも適したところだ、と言いつつ、田舎住まいのさみしさも愚痴ってい

る。移って来てまだ五日、これは本音に近いものであったろう。だが、住んでみて一ヶ月近く経つと、

秋のことをいふと、またから約束のうそつきになるかもしれませんが、とにかく参りたいと思つてゐます、それまでに、こちらにやつてきませんか、いま忙しいのですか、ひまでしたら一寸でもやつていらつしやい、神経衰弱なんかこの海の風を吸へばすぐ直ります、禁酒は心細いが少し位ゐはいゝでせう。海からあがりたての魚をさいて久しぶりで一杯やりませう。

（大正四年四月十四日、重田弥次郎宛て）

別の友人宛てにこう呼びかけていて、もうずいぶん土地の空気に馴れてきた感じが出てきている。なんといっても牧水は緑豊かな田舎が好きな人なのである。

わたしは、下浦には若山牧水の故郷のすぐ近く耳川の河口、つまり美々津の浜から海を見渡す時の満足度とほぼ同じものがあるなあ、と思った。当時ここらは東京から船で五時間かけてやっとたどり着く辺鄙な地だったというから、さぞかし不便だったろうし、牧水は病妻を抱えて生活も苦しかったようだ。しかし、砂浜に出て海を眺める時は良い気分に浸ったはずである。しかも、田舎に移ったからといっておとなしく過ごしていたのではない。作歌・執筆はもちろんのこと、旅にも出かける。大正五年（一九一六）早春から発った東北方面への旅は、帰宅した時には早や初夏の気配がただよっていた。歌誌「潮音」主宰の大田水穂との関係がぎくしゃくして来るのもこの頃で、これ

は下浦住まいを早めに切り上げて東京へ戻るきっかけともなったようだ。三十歳になったばかりの牧水は、歌人としての活動をめいっぱいやっていたわけである。

歩き回ってみて、北下浦の人たちの親切さに頭が下がった。牧水の住んでいた家の場所を確認したくて北下浦行政センターに入ってみたら、四人も五人も集まってきて話を聞いてくれる。やがて一人の男性職員が、

「その先まで用があって、ついでだから」

と案内までしてくれた。牧水がよく立ち寄った酒屋さんが現在も営業しているというので行ってみたら、何も買わない者が来て迷惑だったろうに長々と土地の話や、

「牧水の奥さんは結核だったから、うちのご先祖は感染を怖れてあまり親切にしなかったらしい」

等ということも詳しく喋ってくれた。「あまり親切にしなかった」のではなく、土地の人たちは結構牧水夫妻の日常を見守ってくれていたのではなかったろうか。そんな気がしてならなかった。

北下浦を歩き回るあいだ、土地の人たちにはもっぱら乳井氏が語りかけて質問し、色々のことを聞き出してくださった。氏はわたしよりはるかに熱心だし、聞き上手である。さすが『南へと、あくがれる――名作とゆく山河』の著者だなあ、と感心したことであった。しかも、帰りには「打ち上げをしよう」とおっしゃる。それもわざわざ都心部へ出て浅草まで行ったのである。浅草の神谷バーに入って、昔懐かしい「電気ブラン」で乾杯するという、まことにレトロな打ち上げ式を行い、牧水ゆかりの地訪問の日に花を添えたかたちであった。

秩父

平成二十五年十月には東京に二週間滞在する機会に恵まれたので、ついでに若山牧水とゆかりのあるところへ足を伸ばしてみた。

まず、十月十三日、熊谷駅までJRで行き、そこからは秩父線に乗り換えて一時間余、電車はいくつかの小さな町を通り過ぎたり長瀞《ながとろ》の景勝を横切ったりしながら行くのだが、山野の景色は結構色づいてきていた。秩父駅に着いて電車から下りると、駅前には賑やかな町があった。秩父市は人口約六万七千人、山深いところながら大きな町なのである。

駅からさほど遠くない羊山公園に歌碑があると聞いていたので、町の人に道を教えてもらって行ってみた。町を抜け、踏切を越えて、坂道を汗かきながら登り、二十分ほどで羊山の頂上に着く。歌碑は秩父の町を見下ろす斜面にあって、

秩父町出はづれ来れば機織《はたおり》の唄ごゑつづく古りし家並《やなみ》に

という歌が刻まれている。そこからは、秩父の盆地を右や左とひろく眺め渡すことができてまことに気持ちが良い。「機織の唄ごゑつづく……」、秩父は上等な織物を産出することで昔から知られており、牧水が訪れた頃にはほんとに機織りが盛んだったのだろう。

牧水が秩父を訪れたのは一度きりではなく、まず大正六年（一九一七）十一月中旬に埼玉県の飯能

から入間川沿いに入って原市場、名栗というふうに三泊四日歩きまわっている。歌も百六十首ほど作ったというが、歌集『渓谷集』にはそのうち九十六首が収められている。

石越ゆる水のまろみを眺めつつこころかなしも秋の渓間《たにま》に
山の鳥の啼く音《ね》にもふと似て聞ゆをりをり起る機織《はたおり》の音
夕餉にと鹹鮭《からざけ》焼《や》ける杉の葉のにほひ寒けき渓《たに》ぞひの宿
飲む湯にも焚火のけむり匂ひたる山家の冬の夕餉なりけり
かの筏父子《いかだおやこ》なるらし老若《らうにやく》のうたひてくだる長きその瀬を
だみごゑの錆びはてたれど瀬に乗りてうたふ筏師きけばかなしも
夜の雨に岩みな濡れし朝渓《あさだに》の瀬瀬を筏師うたひて下る

晩秋の山峡の風情が惻々《そくそく》と伝わってくる歌ばかりで、作者の内なる旅情が読む者にも染み入ってくる。牧水という歌人は山野を歩くとき最も感受性が新鮮に豊かに発露されていたのだ、と思わざるを得ない。そして、筏に乗った父子がうたいながら谷川つまり荒川の瀬を下る様子が詠まれている。父親の方の声を「だみごゑ」と言い表しているが、ともあれ濁声《だみごえ》の父親とその子は筏を操りながらうたうのである。老若揃っての歌声、聴いてみたい気がしてならぬ。

歌碑にある「秩父町出はづれ来れば……」が詠まれたのは大正九年（一九二〇）春のことで、牧水は四月六日に熊谷から秩父鉄道で訪れている。宝登山、長瀞《ながとろ》、秩父町、そこから妻坂峠を越えて名栗と辿り、飯能を経て八日のうちには家へ帰っている。この折りの歌は歌集『くろ土』に三十九首収められている。

雨《あま》ぐもり重き蕾《つぼみ》の咲くとしてあからみなびく土堤《どて》の桜は
秩父町出はづれ来れば機織の唄ごゑつづく古《ふ》りし家並に
うづだかく杉苗負ひて岨《そば》みちを登れる杣《そま》人はうたひ出でたり
蛙《かはづ》鳴く田なかの道をはせちがふ自転車の鈴なりひびくかな
馬の糞《ふん》ひろひながらにこの翁《をぢ》のなにかおもふらしひとりごと云ふ

ここでは桜が咲こうとしている頃合いの秩父の春の風情が捉えられているわけだが、「秩父町出はづれ来れば……」の中の機織りする人たちもやはり何かうたっている。機織り唄とでも称すべきものがあったのではなかろうか。だから、羊山の歌碑を観た後、歌碑から下りて行ったところに「ちちぶ銘仙館」があったから、機織りしている女の人に訊ねてみたが、

「あれは、機《はた》の音が唄のように聞こえただけじゃないかしら」

とのことだった。受付の男の人にも聞いてみたところ、

「昔は機織りする時の唄があったんだろうね。しかし、私は知らないなあ」

と、これまた無関心であった。なんだか肩の力が抜けてしまった気分になった。

牧水は、「うづだかく杉苗負ひて岨みちを登れる杣人はうたひ出でたり」とも詠んでいる。大正九

羊山歌碑

年の旅の折り、杣びとが杉の苗をいっぱい背に負って山道を登りながら何か声を上げて唄うのを聞き逃していないわけである。この杣びとの場合はどのような歌を口ずさんでいただろうか。

牧水はことさら通りすがりの人たちの歌声にのみ注意を向けていたわけでなく、たまたま詠み込んだのだろう。この秩父への旅のことを紀行文「渓より渓へ」で詳しく綴っているが、とりたてて歌声のことに触れてはいない。だから、これらは旅人の捉えたスナップに過ぎない。しかし、かつて日本人は折りに触れて唄を口ずさんだのではないだろうか。筏乗りとか機織り、あるいは山で植林の仕事をしながら、活力を出したいがための労働歌もあったろうが、それ以前に山や野を歩いたり、仕事の合間に寛ぐときとかに何気なく土地の民謡や流行《はや》り唄等をうたう、いわば唄は日常の中で空気や水と同じようなものだったのではなかったろうか。そうしたさりげなさが、現代ではいつの間にか失われてきた。カラオケでは盛んに声を張り上げても、仕事に励む最中や戸外を歩いたりするときなどにうたうことはあまりしなくなったのが現代なのかもしれない。

牧水の旅詠から、はからずもそのような思いに耽ったのであった。

秋田・弘前・五所川原

秩父の次には、十月十五日から十八日へかけて秋田と青森へ足を伸ばしてみた。秋田県は角館《かくのだて》で武家屋敷街を観た他、秋田市で一泊、それも久保田城（通称・秋田城）址を散策してみただけである。城址は千秋公園と呼ばれて整備されており、歩いて観てまわるのにはちょうど程良い広さであった。歩くうちに、大きな城にしてはなんとなく違った雰囲気があるように感ぜられていたが、城のボランティア案内人が「この城には石垣がございません」と説明してくれて初めて納得した。土塁で囲まれた城である。東国ではもともと石垣を作らない築城法が一般的だったのだそうである。

城内に、牧水の「鶸めじろ山雀つばめなきしきりさくらはいまだひらかざるなり」を刻んだ歌碑がある。北前船をかたどった碑には牧水の肖像も掲げてあり、左隅には長男・旅人の歌「旅さなか秋田にやどりし父のうたふかきゐにしにけふきざまれぬ」も刻まれている。

牧水の歌碑に採られた作品は、もともとは「鶸繍眼児燕山雀啼《ひはめじろつばめやまがら》きしきり桜はいまだ開かざるなり」であり、大正五年（一九一六）、この城址で詠んでいる。岩手・青森を経巡《へめぐ》っての道すがら、この秋田へ来て、城址の早春の様子に触れたことになる。ついでながら、秋田駅内の売店で粢餅《しとぎ》というのが売ってあったから、店のおばちゃんにどんな意味なのか訊ねてみたら、これは餅米でなく粳《うるち》米を使うのだと餅のことを教えてくれただけでなく秋田市内の巡り方など、ひとしきりいろいろと丁寧に説明してくれる。観光案内所へ行く手間が省けてしまったほどで、この売店でのちょっとの時間はありがたかった。

秋田から五能線経由で青森県に入り、弘前《ひろさき》や五所川原《ごしょがわら》を見てまわった。秋も深まろうとする頃、だんだん寒さがつのってきて震えたが、北国の人たちにとってはまだ平地には雪も降らぬ時季であり、何ということもないのだろう。弘前城址を歩いたり、ねぷた館を観たり、各所で津軽三味線に聴き入る等して二泊した。弘前では、朝、岩木山の頂きに雪が見られた。

巡ってみて、青森県でも色んな場面で土地の人たちの人懐《なつ》こさや親切が印象的であった。電車の女車掌さんが気軽にこちらに話しかけてくれて、停車駅のことや付近の観光名所やら教えてくれる。菓子屋に入っても、そこの人が町の見どころを語ってくれた。それから、弘前市で街を歩いていて小さな店の並んだ「弘前中央食品市場」というのがあるのを見つけた。中へ入ってみると、赤飯や稲荷寿司や煮魚やらをお婆ちゃんが売っている。隅っこにテーブルと椅子があってそこで食事ができるようにしてあるから、稲荷寿司を買って女房と二人で食べ始めたら、店の婆ちゃんが烏賊《いか》メンチを一皿持ってきて、おかずにしなさいと言ってサービスしてくれた。そして、弘前のことをあれこれ教えてくれるし、店の売り物はたいてい息子が調理する。ほれ、もう仕事が一段落したからあそこでねぷたの絵を描いている、と指差すので市場の奥を見入ると、確かにごつい風体の男の人が絵筆を動かしていた。食事を終えて、ひとしきり息子さんのねぷた絵も見せてもらったが、彼は帰りには半紙に書いた武者絵を三枚、土産にくれたのであった。

こういう按配で、初対面で名前もまだ知らぬのに実に気さくに道案内や世話などしてくれる。正直なところ雪深い国に暮らす人たちは口が重かろうというような予測をしていたのだったが、こんな失礼な考えはひそかに速やかに撤回しなくてはならなかった。

五所川原市元町の八幡神社境内に牧水の歌碑があった。碑の上部に刻まれているのは「橇の鈴戸の面《も》に聞ゆ旅なれや津軽の國の春のあけぼの」「ひつそりと馬乗り入るる津軽野の五所川原町は雪小止《おや》みせり」、この二首である。

大正五年早春からの東北地方への牧水の旅は、宮城、岩手と辿ってから青森県に入る。各地で歓待され、青森市では、「やと握るその手この手のいづれみな大きからぬなき青森人《あをもりびと》よ」、歌集『朝の歌』にこのような歌がある。牧水を慕う旧知・未見の人々が青森駅に出迎えてくれたのである。そして、酒宴となるのだが、「明けぬとて酒、暮れぬとてまた」と詞書して、「酒戦《さけいくさ》たれか負けむとみちのくの大男《おほをとこ》どもい群れどよもす」と酒宴の様子を詠んでいる。凄いエネルギッシュな歓待が行われたわけだ。さらに紀行文「津軽野」を読むと、牧水は青森市から北津軽へと赴くのだが、奥羽本線大釈迦駅に着いた後、迎えに来た馬に生まれて初めて跨り、自ら手綱をとってあやつることとなったのだという。そして、友人——とはいえ便りを交わすことは度重なっていたものの、会うのは初めてのことだったが、土地の歌人・加藤東籬《かとうとうり》の住む五所川原まで約四里半（十八キロ）の雪道を、峠を越えて津軽平野に入ったという。歌碑に刻まれた「橇の鈴……」「ひつそりと……」の二首もこの五所川原訪問の際の作である。さて、宿屋では、東籬を始めとする地元の文芸家たちが酒盛りを開いて歓待してくれた。むろん、盃を交わす合間に唄も出る。津軽特有の「単調を極めて、而《しか》も何とも云へぬ哀愁を帯びた調子」だが、誰かが歌うと別の者が応じる、座にいる皆が手を拍ってこれに合わせる、といった展開であった。すると、

所へ、俄に調子外れの拍手が起つた。私の隣に坐つて、今まで唯だ手をのみ拍つてゐた加藤君が突如として声をあげたのである。彼生れて四十年の間、たゞの一度も唄つた事のない人であつた相だ。加藤さんが唄つた、加藤さんが唄つたと満座の若い人達は一斉に立上つて手を拍ち足を踏みならした。

ドダバ、エコノテデー、アメフリナカニ、カサコカブラネデ、ケラコモキネーデ。

彼は痩躯をゆすりながら目を瞑ぢて繰返し〳〵この唄を唄つてゐる。

生まれてこの方、一度も人前で唄うことのなかった男が、突如として声を上げ、目を閉じ、痩せた体を揺すりつつ高吟する。牧水はこのような加藤東籬の姿を眺めつつ、東籬の竹馬の友で東京にいる和田山蘭を「憶ひ起さゞるを得なかつた」として、一首詠んでいる。

泣く如く加藤東籬が唄うたふその顔をひと目見せましものを

牧水が来てくれたことを歓び、歓迎して呑み、かつ泣くようにして唄う津軽人、東籬の振る舞いはそれほどに極まったものであったのだ。遠くからの客を迎えての過剰なまでの歓待が、ここにあ

る。地方に住む者の心優しさはどこでも共通することかと思うが、自分で秋田県・青森県方面を旅行してみて、予想よりもずっと心やすく振る舞う人たちと接しただけに「津軽野」のこの部分は特に響いてくるものがある。

同じ五所川原市の金木で太宰治の生家を見学した際に、名作「津軽」が牧水の歓待され方と重なるかたちで思い出された。昭和の「津軽風土記」をまとめるべく帰省してきた「私」、東京で不祥事を重ねてしまったせいで自分の育った家は敷居が高く感ぜられるのか、すぐには立ち寄らずひとしきり周辺の知人友人を訪ね歩くわけだが、彼らは一様にこの蕩児のような作家を歓待してくれる。とりわけ蟹田という町のSさんはぜひぜひと自宅へ「私」を連れて行き、家へ入るなり奥さんに向かって用事を言いつける。

おい、東京のお客さんを連れて来たぞ。とうとう連れて来たぞ。これが、そのれいの太宰って人なんだ。挨拶《あいさつ》をせんかい。早く出て来て拝んだらよかろう。ついでに、酒だ。いや、酒はもう飲んじゃったんだ。リンゴ酒を持って来い。なんだ、一升しか無いのか。少い！　もう二升買って来い。待て。その縁側にかけてある干鱈《ひだら》をむしって、待て、それは金槌《かなづち》でたたいてやわらかくしてから、むしらなくちゃ駄目なものなんだ。待て、そんな手つきじゃいけない、僕がやる。干鱈をたたくには、こんな工合に、こんな工合に、あ、痛え、まあ、こんな工合だ。

奥さんに対するせっかちな指示は、まだまだこの三倍くらい続く。「私」は、この場面を「決して誇張法を用いて描写しているのではない。この疾風怒濤の如き接待は、津軽人の愛情の表現なのである」と弁明している。「津軽」は小説として書かれており、実録として読むには危ないものがある。「私」がどんなに否定してみせようとも虚構が行われているはずであるが、ただ、虚構で誇張があろうとなかろうと、Sさんが客に喜んでもらおうと懸命に努力する姿は熱く伝わってくる。作家・太宰治は津軽人の愛すべき親切さを読者にぜひ分かってもらいたかったのである。

この「津軽」で過剰サービスを行なうSさんと、牧水の「津軽野」の中で生まれて初めて歌をうたう加藤東籬。二人は同類なのではなかろうか。青森市での酒戦もこれに加えて良いかもしれない。どうもそう思えてならない。

湯ヶ島温泉

そして、十月二十一日と二十二日は静岡県の湯ヶ島温泉と沼津市を巡ってみた。

東京駅から三島駅まで新幹線で約一時間、そこからは伊豆箱根鉄道に乗り換えて終点の修善寺駅まで四十分ほど電車に揺られる。修善寺からは湯ヶ島までバスに乗り、これは二十分ほどで着いた。伊豆半島の真ん中ほどに位置し、半島とはいえまわりを山々で囲まれた温泉郷である。

湯ヶ島温泉の入口の観光協会で自転車を借りた。イタリアのビアンキ社製マウンティンバイクで、たいへん乗りやすい。さすが高級自転車は違う、と感心した。そして湯ヶ島温泉を巡ってみたのだが、谷間に宿屋がギッシリ並んでいるものと思っていたのにまったく予想が外れてしまった。急な上りがあり、下りがあり、一軒の湯宿があれば次の宿がなかなか現れない。「湯ヶ島温泉」と

湯ヶ島温泉

は、谷間のあちこちに散在する温泉宿の総称であるわけだ。一帯に源泉が十数カ所あり、現在営業している宿屋は温泉郷全体で九軒だとのことである。そこら全体を乗用車で廻れば山坂もへっちゃらなのは分かり切っているものの、しかしそれでは細かな観察ができない。だからといって歩けば時間と脚力が要る。マウンティンバイクを借りたのは実に正解であった。

　巡ってみると、温泉地全体が雑多な木々に包まれ、それを取り巻く山々もたいていは雑木に包まれた自然林である。特に、山桜の木が多い。これであと二週間ぐらい後には、ここらは存分に色んな落葉樹の紅葉が愉しめるのではないだろうか。山桜は、春もまた愉しみに違いない。牧水はこの湯ヶ島温泉を好み、大正九年（一九二〇）春、十年春、十一年春、十二年春、十五（昭和元）年初夏、昭和三年春というふうに何度も訪れている。とりわけ大正十一年（一九二二）の三月から四月にかけて滞在した折りは時々頭痛や歯痛に悩まされながらも、「瀬瀬に立つ石のまろみをおもふかな月夜さやけき谷川の音に」「鉄瓶のふちに枕しねむたげに徳利かたむくいざわれも寝む」等と詠むように寛いでいるわけだが、集中的に歌の題材としたのは山桜であった。

うすべにに葉はいちはやく萌えいでて咲かむとすなり山桜花
うらうらと照れる光にけぶりあひて咲きしづもれる山ざくら花
瀬瀬走るやまめうぐひのうろくづの美しき春の山ざくら花
岩かげに立ちてわがみる淵のうへに桜ひまなく散りてをるなり
山ざくら散りのこりゐてうす色にくれなゐふふむ葉のいろぞよき

等々、山桜を詠んだ歌を二十三首も遺している。山や谷のあちこちにいっぱい咲きほこっていたのだろう。実際、湯ヶ島へ着いた三月二十八日には湯ヶ島の湯本館から妻の喜志子に絵葉書を出して、

馬車にて十時四十分当所着、ガラス戸ごしに、「まア、」と云つて宿のお婆さんが出て来た、女中たちも、「丁度去年も今の頃でしたわねエ」と云つて案内した、よく覚えてると感心、その去年の今日は咲いてなかつた山桜がちらほら咲きかけてゐてすてきだ。

等と報告している。四月二日には、塚田静保に宛てた手紙で、「誘惑する様ですけれど、山ざくらは全くきれいです、そして、バカに多いのです、早いのは、今日あたり、はら〳〵と散りそめました」と書いている。現在の湯ヶ島も当時と変わらぬ面目を保っているのは間違いなく、目の前の木々の豊かな繁り具合を見ていると確信できた。わざわざ来てみてよかったと思う。しかも、もこもこした山相が九州のとりわけ牧水の故郷である宮崎県の坪谷あたりと似ており、なんだか坪谷の出身でもないのに懐かしい気分になるのだった。

母恋しかかる夕べのふるさとの桜咲くらむ山の姿よ
春は来ぬ老いにし父の御《み》ひとみに白ううつらむ山ざくら花
父母よ神にも似たるこしかたに思ひ出ありや山ざくら花
行《ゆ》きつくせば浪青やかにうねりゐぬ山ざくらなど咲きそめし町

明治四十一年（一九〇八）刊行、牧水の第一歌集『海の声』に収められた、つまりまだ若い頃の作品である。父や母のことと山桜の風情とがセットになって思い出されているのである。「行きつくせば……」は、伊藤一彦『牧水かるた百首鑑賞・命の砕片』によれば早稲田大学三年在学中の明治四十年二月に詠んだ歌で、坪谷を出て耳川を舟で下って美々津《みみつ》に着いた頃のことが題材にされ、「ふるさとのある時の思い出を歌ったものであろう」とある。こうした、ふるさとの山桜を詠み込んだ歌が思い起こされるのである。

そういえば、この大正十一年、湯ヶ島温泉に出かけるちょっと前の三月十四日には日向の河野慶彦宛ての手紙の中で「美々津でしたか、美々津といひ、高瀬舟などといふ言葉をきくと、いかにもなつかしい、ことにこの春の頃は一層その美々津あたりが思ひ出されてなりません」と述懐している。美々津は坪谷から耳川の谷へ出て、舟で下った河口の町である。そして、川を上り下りしていたのが高瀬舟だった。春の坪谷から耳川筋、美々津にかけて山桜がとても多い。牧水は春になればいつもあのあたりの春景色を懐かしんでいたに違いない。

千本松原

翌日は沼津市で千本松原や港や商店街等を巡った。前日泊まったビジネスホテルが無料で貸してくれたのが、御婦人用の自転車だった。ちなみに、前日湯ヶ島で使用したビアンキの高級マウンテンバイクの借り賃は千五百円だった。高性能ビアンキ車と、無料貸し出しのママチャリ。えらいな落差だが、平地ではギア付きのものなど要らない。ママチャリで充分なのであり、かれこれ約二十キロ乗り回した次第であった。沼津駅前の宿から、海の方を目指す。左手を流れる狩野川を渡れば香貫山《かぬき》が横たわり、大正九年（一九二〇）の八月、その麓の上香貫に牧水は東京から移り住んだのである。そこらあたりは五年前に歩いてみたことがあって、閑静な住宅街だが当時の面影は遺しておらず、今回は省略した。

駅からまっすぐ進み、一度沼津港へ出た後、千本松原へ入る。そこには若山牧水記念館があって牧水の作品や遺品やらが展示され、その一生がつぶさに辿れるようになっている。近くの千本山乗雲寺に牧水の墓や歌碑がある。さらに千本松原内にも歌碑があり、牧水の代表作といえる「幾山河こえさりゆかば寂しさのはてなむ国ぞけふも旅ゆく」が刻まれている。牧水は、大正十三年（一九二四）八月、上香貫から千本松原に転居する。さらにその年の暮には付近の家に転居、と仮住まいが続いた後、この歌碑の近くに約五百坪の土地を買い求めて家（建坪七十九坪）を建てる。大正十四年十月、新居はようやく完成する。牧水は昭和三年（一九二八）九月十七日に亡くなっているので、終《つい》の棲家で過ごし得たのはわずかに三年足らず、初め上香貫に移って来たのから数えれば、沼津での生活は八年間であったことになる。さほど長くない年数であるが、しかし、大正九年七月、沼津の友人・神部孝に宛ててこう書いている。

神部君、僕は今度、永い間自分の問題になつてゐた東京引退を実行することに決心しました。つまり東京を去つて、静かな田舎に隠栖するのです、このまゝゐたのではとても僕には何も出来ないで、精力の浪費ばかりやることになるからです、田舎に引込んで、自分の身にあるだけの力を創作《しごと》の方に注いでみたいと思ふのです。

サテ、その引込先を何処にするかでまた暫く惑ひました、そして結局沼津付近に行きたいといふことにきめたのです。

そうして神部に沼津でどこか適当な家がないものか、問い合わせているわけである。東京を離れての田舎でのゆったりとした生活、しかも沼津に狙いを定めているのであり、念願かなっての終の棲家であったことになる。

わが投げし小石の音の石原にひびきて寒き冬の日の影
くもり日は頭重《かしら》かるわが癖のけふも出で来てあゆむ松原
茂りあふ松の葉かげにこもりたる日ざしは冬のむらさきにして
松の木に鵐はとまり木のかげの忍冬《すひかづら》のはなにあそぶ虻蜂

牧水は千本松原の風情をだいぶん歌にしているが、みんなおだやかな詠み方である。心の中の状態がおのずから反映されているものと思える。

その千本松原を自転車で走ってみた。名の通りの松原だが、「千本」とは言いながら実際の数は三十万本を超えているのだそうである。沼津港のある狩野川河口から田子の浦へかけての浜に、およそ十キロほども続く。土地の人に聞くと遠い昔に農民たちが風の害を防ぐため植えたものであるらしいが、戦国時代には武田氏と北条氏の戦いの際に切り払われた。だが、土地の名僧・増誉上人がそれを悲しんで、五年もの歳月をかけて松を植え直し復活したのだという。「千本」というのは、多分、昔そうやって手植えした頃の数なのである。松原の一部分は、現在、公園として一般市民に親しまれており、散策が愉しめる。

自転車で松原内の散歩道路を辿っていると、せっせと早足で歩く人もいれば、座り込んでスケッチをしている女性もいた。野草を摘む老婦人にも出会った。文学関係では先に記した牧水歌碑や牧

千本松原

水記念館があるし、沼津ゆかりの芹沢光治良・井上靖・明石海人・角田角冷等の文学碑が散在し、そういうのを見てまわるのも松原の愉しみ方の一つとなろう。浜辺に出てみたら、目の前に太平洋がはてしなく広がる。釣師が結構いたが、ただ単に浜を歩いたり堤防の上から景色を眺めるだけの人たちの方が圧倒的に多い。堤防は牧水の生きていた当時はなかったのだそうで、松原と砂浜は直結していたから、もっと良い眺めだったろうと思われる。そして、ふり向けば富士山が聳えているはずだが、残念ながらその日は雲っていて見えなかった。

そのようにして松原を片道約五キロほど往復して東京へ戻り、牧水のエッセイ「沼津千本松原」を読んでみた。

牧水は大正十五年（一九二六）の八月に同じ題で二度書いているのだが、当時進められていた松原の伐採計画に対して市民の間から強い反対運動が起きていた。牧水もその計画を知った時に慄然《りつぜん》とした、ということを娘の石井みさきが『父・若山牧水』の中で書いている。だから、伐採反対の動きに真剣に応えたのであった。二編のうちの最初の「沼津千本松原」で、牧水は千本松原の素晴らしさについて、まず木の大きさ、老木が揃っていることを挙げている。それら大樹・老木が「亭々《ていてい》として聳え矗々《ちくちく》として直立」している、と説く。さらにまた松原の幅が広いし、狩野川から富士川河口にまで及ぶ長さだし、この広大さは天下無比である、まして、松原の上には「千古の雪」を含んで富士山が聳えている。「何といふ自然の偉大にして微妙なる配合であらう」、こう褒めあげるのである。さらに、牧水は他の地方の松原に比べて沼津の千本松原が優れている所以《ゆえん》はもう一つある、とする。それは、松だけが並立するのでなく「その下草に無数の雑木を茂らしてゐる」ことを挙げる。タブ、イヌユズリハ、ハゼ、その他の思いもかけない雑木が生えている。樹木の根にはシダが密生し、あるいは篠が茂る。だから「松原」というよりは「森林」であり、森林の中での鳥の鳴き声は天与の賜物《たまもの》、しかもまた森林が秋の深まる頃に紅葉する見事さを見てみよ、とその素晴らしさを強調する。

読み進めながら、ははあ、と感じ入った。昼の内、松原の中をペダル漕ぎ漕ぎ行きながら湧いた思いと牧水の論調とが響き合ったのである。松の木の一本一本、見事で、枝ぶりも良い。葉の色もみずみずしい。だが、これがずっと松の木ばかり続くのであればやはりそれは単調に陥るのではなかろうか。退屈してしまうに違いないと思うわけだが、しかし自転車で辿ってみて充実感があったのは実に千本松原が松の木だけで成り立つのでなく種々の雑木・雑草が豊かに混じる、そう、牧水の言うとおり「森林」であるからだった。

牧水は文章で訴えるだけでなく、九月に沼津市の劇場「国技館」で開催された「千本松原伐採反対市民大会」に参加して持論を熱く弁じる。結果、松原は残った。沼津の誇る景観は保たれたわけだが、牧水自身は昭和三年九月十七日に逝去した。享年、四十三歳。現在の常識では言うまでもないこと、五十歳に達しない逝去は当時としても若死にであった。松原の中の新居に入っての生活はわずか三年足らず。目の前に太平洋が広がり、新鮮な魚介類の水揚げされる港がすぐ近くにある、富士山も間近かに眺めあげることができる、千本松原は雑木を多く交えて豊かな森林をなす。そうした環境の中でもっとゆっくり過ごしたかったろうに、である。ただ、その四十三年の生涯を眺め渡してみると、牧水は数えるのが難しいくらい多くの回数で転居をしている。一箇所に永く留まらず、新たな居住空間へと移る……、旅好きとかいう次元を越えて、若山牧水には人生全体が宿命的に旅路そのものだったのかも知れない。旅先の東京の宿で、そのようなことを考えてみたのであった。

若山牧水ゆかりの地はまだまだあちこちに沢山ある。牧水文学には人を旅へと向かわせるような、なんと言おうか、媚薬《びやく》が含まれているような気がしてならない。折りに触れて他のところも巡ってみたい。いやいや、ぜひそうしたい。

若山牧水年譜（年齢は満年齢）

明治一八年（一八八五）
八月二十四日、宮崎県東臼杵郡坪谷村一番戸（現在の日向市東郷町坪谷三番地）に、若山立藏、マキの長男として出生。姉たちの発案により「繁」と命名された。

明治二〇年（一八八七）二歳
十一月二十六日、祖父・健海死去。

明治二三年（一八九〇）五歳
二月、若山家は西郷村（現在、美郷町）田代字小川の尾沢部落に移る。

明治二五年（一八九二）七歳
四月、田代尋常小学校に入学。だが、まもなく義兄の今西吉郎（次姉トモの夫）が校長をしていた東郷村の羽坂尋常小学校に転学し、同村山陰《やまげ》の叔父・若山純曽の家から通学。秋になって一家と共に坪谷に帰り、坪谷尋常小学校に転校。この頃、美々津で初めて間近に海を見る。

明治二七年（一八九四）九歳
十月二十五日、祖母カメ死去。

明治二九年（一八九六）一一歳
三月、坪谷尋常小学校を首席で卒業。五月、延岡高等小学校に入学。

明治三一年（一八九八）一三歳
三月、学年末試験の最中、母マキと義兄河野佐太郎の金比羅参り・大阪見物に同行、学校は十七日間欠席。生まれて初めての長旅となった。

明治三二年（一八九九）一四歳

四月、延岡に開設された県立中学校に入学。

明治三三年（一九〇〇）一五歳

第二学年に進級。この頃から次第に運動競技から離れ、数学が嫌いになり、文学書に親しむ。

明治三四年（一九〇一）一六歳

二月、延岡中学校友会雑誌第一号発刊、牧水は小品文「雷雨」と和歌・俳句が掲載される。この頃、交友会誌や投稿雑誌等に短歌・俳句や小品文を寄せる際に「紅雲」「秋空」「桂露」「雨山」の号を用いる。

この年の作に「梅の花今や咲くらむ我庵の柴の戸あたり鶯の鳴く」等。

明治三五年（一九〇二）一七歳

この頃、「白雨」「白雨楼」「白羽」と号す。十一月七日から二十日まで修学旅行で熊本へ行き、陸軍特別大演習を見る。帰路、阿蘇山に登る。その旅行の折りの作に「名にし負ふ銀杏は秋の日にはえて澄みしみ空に天守閣高し」「山の宿の固き枕に夢を呼ぶ秋の女神の衣白かりき」等。

明治三六年（一九〇三）一八歳

この頃「野百合」と号して「夏草の深きにまじる百合一つ美くし幸《さち》を吾と言ひしか」等と詠んだが、秋頃になって「牧水」と改める。十月二十八日から十一月二日まで修学旅行、別府・大分・臼杵・佐伯地方を回る。

明治三七年（一九〇四）一九歳

三月末、延岡中学を卒業。四月、早稲田大学文学科高等予科に入学。五月、『新聲』歌壇の選者・尾上柴舟を訪問。同月、窪田空穂を知る。六月、学校の教室で北原白秋（当時、薄愁または射水と号した）と知り合う。この時期、北原白秋（射水）・牧水・同級の中林蘇水の三人で「早稲田の三水」を自称。

この年の作に「めぐりあひて友がやさしき恋がたり酒よ冷えざれ梅寒き宿」「水の富士草の富士さて畑の富士あづまは秋のうつくしき国」等。

明治三八年（一九〇五）二〇歳

一月、尾上柴舟中心の短歌の会「金箭会」発足。この会は数ヶ月後、「車前草社」となる。同じ頃、北原白秋らと「千鳥会」をおこす。六月、予科課程を修了。九月、英文科本科生となる。

この年の作に「春の日は孔雀に照りて人に照りて彩羽あや袖鏡に入るも」「ほととぎす啼くなる山の大木に斧をふるへば霧青う降る」等。

明治三九年（一九〇六）二一歳

六月末、帰省の途中、神戸の友人に同情して彼の恋する少女の家におもむくが、そこで美しい女性に出会う。この人が園田小枝子。

この年の作に「阿蘇の街道《みち》大津の宿《しゅく》に別れつる役者の髪の山ざくら花」「立川の駅の古茶屋さくら樹の紅葉のかげに見おくりし子よ」等、作風に徐々に変化が現れる。

明治四〇年（一九〇七）二二歳

一月、前田夕暮が『明星』に対抗して文芸雑誌『向《ひ》日葵《ぐるま》』を創刊したので同人となる。春頃、園田小枝子が神戸から上京。六月、帰省。九月下旬の上京までの間に中国・九州・近畿の諸地域を旅し、「けふもまたこころの鉦《かね》をうち鳴《なら》しうち鳴しつつあくがれてゆく」「幾山河越えさり行かば寂しさの終てなむ国ぞ今日も旅ゆく」「ちんちろり男ばかりの酒の夜をあれちんちろり鳴きいづるかな」を始めとする作を得る。十二月二十七日から十日間、園田小枝子と共に外房州根本海岸を訪れる。

この年の作は、他に「母恋しかかる夕べのふるさとの桜咲くらむ山の姿よ」「白鳥《しらとり》は哀しからずや空の青海の青にも染まずただよふ」等あり、才能が一気に開花した観があった。

明治四一年（一九〇八）二三歳

一月、小枝子と共に根本海岸で新年を迎える。四月、小枝子と共に百草園に行く。七月、早稲田大学文学部英文学科卒業。第一歌集『海の聲』を刊行。版元を「生命社」としてあるが、牧水自身の下宿に発行住所を置いた自費出版。七月下旬から八月上旬にかけて土岐善麿とともに軽井沢に遊び、帰りは一人碓氷峠を越えて妙義山に登る。帰京後、数日して東京を離れ、名古屋・奈良・大阪・神戸等を巡り、九月上旬帰省。月末には神戸を経て帰京。
この年の作に「父の髪母の髪みな白み来ぬ子はまた遠く旅をおもへる」「山を見よ山に日は照る海を見よ海に日は照るいざ唇《くち》を君」等。

明治四二年（一九〇九）二四歳
小枝子との恋愛問題に悩む。
一月下旬から二月上旬にかけて、外房州布良の海岸に遊ぶ。四月、本郷連隊区で徴兵検査を受け、丙種不合格。七月、安成貞雄の世話で中央新聞社に入社し、社会部記者となるが、十二月には退社。
この年の作に「けふ見ればひとがするゆゑわれもせしをかしくもなき恋なりしかな」「山奥にひとり獣の死ぬるよりさびしからずや恋終りゆく」等。

明治四三年（一九一〇）二五歳
一月、八少女会から第二歌集『独り歌へる』刊行。
三月、前年末に東雲堂から編集依頼のあった詩歌雑誌『創作』が創刊され、文壇の注目を集める。四月、第三歌集『別離』を東雲堂から刊行し、各方面から賞賛を浴びる。この頃の牧水は前田夕暮と共に自然主義の流れを汲む歌人として注目を集めるようになっていた。六月頃、小枝子との恋愛が破綻し、疲労困憊。漂泊の旅に出ることを決意し、九月二日に東京を出発。山梨県八代郡境川村（現在、笛吹市）に早稲田大学時代からの友人・飯田蛇笏を訪ね、十日程滞在。そのあと、長野県小諸町（現在、小諸市）で友人・岩崎樫郎の勧める田村病院に滞在、十一月まで病気療養。「かたはらに秋ぐさの花かたるらくほろびしものはなつかしきかな」「白玉の歯にしみとほる秋の夜の酒はしづかに飲むべかりけれ」等の歌を詠む。十一月十六日、帰京。

明治四四年（一九一一）二六歳
一月、創作社を興し、二月号より『創作』を佐藤緑葉と共に編集、東雲堂から発行。二月三日、本郷弓町に初めて石川啄木を訪ねる。三月、小枝子との関係に終止符。七月頃、太田水穂宅で初めて太田喜志子に会う。九月、第四歌集『路上』を博信堂書店から刊行。創作社を十月号限りで解散。十二月、安成貞雄を介してやまと新聞社社会部記者となる。この時期、酒にひどく酔うことが多かった。酔っぱらって電車路に寝込み、電車を留めてしまったので「電《でん》留朝臣《とめあそん》」との綽名《あだな》がついた。
この年の作に「多摩川の砂にたんぽぽ咲くころはわれにもおもふ人のあれかし」「ふるさとの美美津の川のみなかみにさびしく母の病みたまふらむ」等。

明治四五年・大正元年（一九一二）二七歳
一月、やまと新聞社を退職。三月、『牧水歌話』を文華堂書房から出版。四月十三日、友人・石川啄木死す。その死の前後、啄木のために奔走。五月五日、太田喜志子と結婚。同月末、三浦三崎に数泊。「旅人のからだもいつか海となり五月の雨が降るよ港に」等を詠む。七月、郷里の父危篤の電報に接して帰省し、翌年五月まで郷里に滞在。九月、第五歌集『死か芸術か』を東雲堂書店より刊行。十一月、父・立蔵、死去。
この年の作に、「ふるさとの尾鈴の山のかなしさよ秋もかすみのたなびきて居り」「納戸の隅に折から一挺の大鎌あり、汝が意志をまぐるなといふが如くに」等。

大正二年（一九一三）二八歳
四月二十四日、長野県広丘村（現在、塩尻市）の妻の実家で長男出生、「旅人」と名づける。五月、坪谷を離れる。六月、帰京。信州から妻子を呼び寄せる。八月、太田水穂の支援の下に牧水個人編集経営の雑誌『創作』復刊。九月、第六歌集『みなかみ』を籾山書店から刊行。十月二十六日から、伊豆神子元島の灯台に早稲田時代の友人・古賀安治を訪ねて一週間程滞在。「友が守《も》る灯台はあはれわだ中の蟹めく岩に白く立ち居り」「切りたてる赤岩崖《あかいはがけ》のいただきに友は望遠鏡《めがね》を振りてゐにけり」等を詠む。

大正三年（一九一四）二九歳
四月、第七歌集『秋風の歌』を新声社から刊行。

大正四年（一九一五）三〇歳

一月、喜志子が小石川雑司ケ谷の永楽病院に入院。診断は腸結核。月末、退院。三月、貴志子の転地療養のため神奈川県三浦郡北下浦村（現在、横須賀市）長沢の齋藤方に転居。転居した頃の作に「海越えて鋸山はかすめども此処の長浜浪立ちやまず」等。十月、第八歌集『砂丘』を博信堂から刊行。十一月二十七日、長女・みさきが生まれる。

大正五年（一九一六）三一歳

二月上京し、二週間あまり滞在。その後、宮城・岩手・青森・秋田・福島を旅して五月一日に帰宅。旅行中の作に「やと握るその手この手のいづれみな大きからぬなき青森人《あをもりびと》よ」等。六月、散文集『旅とふる郷』を新潮社から刊行。第九歌集『朝の歌』を天弦堂書房から刊行。同月、下浦村長沢の齋藤方から近くの半農半漁の家に転居。十二月、下浦を引き払い、東京の生活に戻る。

大正六年（一九一七）三二歳

四月十八日、郷里から母マキが姪のはるを連れて上京し、約一か月滞在。八月、秋田・新潟を経由して長野・松本なども巡り、初めて妻・喜志子の実家の広丘村吉田の太田家を訪れてから帰宅。同月、喜志子との合著の第十歌集『白梅集』を抒情詩社から刊行。十一月、秩父渓谷に遊び、「石越ゆる水のまろみを眺めつつこころかなしも秋の渓間に」等の『渓百首』を詠む。

大正七年（一九一八）三三歳

四月二十二日、次女・真木子生まれる。五月、第十二歌集『渓谷集』を東雲堂から刊行。同月、浜松の歌会に出席。京都で創作社友たちに迎えられて保津川下りや葵祭見物などをし、比叡山中の古寺本覚院に一週間ほど籠る。ついで大阪・奈良の歌会に出席、その後和歌山、和歌の浦、熊野勝浦、那智、鳥羽、伊勢、名古屋を経て六月に帰宅。旅行中の作に「したたかにわれに喰《くは》せよ名にし負ふ熊野が浦はいま鰹時《かつをどき》」等。七月、第十一歌集『さびしき樹木』を南光書院から、また散文集『海より山より』を新潮社から刊行。十一月、群馬県伊香保から沼田を経て利根川上流部に遊び、長野県松本へ回った後帰京。この年の作に「人の世にたのしみ多し然れども酒なしにしてなにのたのしみ」等。

大正八年（一九一九）三四歳

三月、長野県辰野の歌会に出席、浅間温泉に遊び、妻の実家に寄る。四月、群馬県磯部温泉に十日ほど滞在。五月、前橋の山崎斌を訪ねて三泊した後、榛名山上湖に一泊。この折りの作に「となりあふ二つの渓《たた》に啼きかはしうらさびしかも郭公聞《くわくこうきこ》ゆ」等。六月、香取鹿島に参拝。水郷潮来に遊び、長塚節の生家を訪ねて墓参。筑波登山等をする。九月、紀行文集『比叡と熊野』を春陽堂から刊行。十月、長野県星野温泉に約一週間滞在。その後、大町・松本などに遊んで帰京。

大正九年（一九二〇）三五歳

四月六日より八日まで秩父に遊ぶ。この折りの作に「秩父町出はづれ来れば機織の唄ごゑつづく古りし家並に」等。五月、歌集原稿の整理をするために、群馬県の川原湯温泉に十日間滞在。草津温泉・渋温泉・浅間温泉・木曽を経て名古屋方面に遊ぶ。八月、静岡県沼津町（現在、沼津市）の楊原《やなぎはら》村香貫《かぬき》折坂に転居。かねてから願っていた田園生活に入る。この頃の作に「香貫山《かぬきやま》いただきに来て吾子《あこ》とあそぶ久しく居れば富士晴れにけり」等。

大正一〇年（一九二一）三六歳

三月、第十三歌集『くろ土』を新潮社から刊行。四月二十六日、次男・富士人が生まれる。五月、岡山・高松・神戸などに遊んだ後、京都に滞在、六月三日に帰宅。七月、紀行文集『静かなる旅をゆきつつ』をアルスから刊行。九月から十月にかけて長野県白骨温泉に湯治に行く。ここでの作に「消えやすき炭火おこすといつしかにこころねもごろになりてゐにけり」等。湯治の後、上高地に出て穂高・焼岳・飛騨高山・木曽などに遊ぶ。

大正一一年（一九二二）三七歳

三月から四月まで伊豆湯ヶ島温泉に滞在し、「うすべにに葉はいちはやく萌えいでて咲かむとすなり山桜花」等、山桜の歌を連作。十月から十一月にかけて、長野県佐久新聞社の短歌会に出席した後、長野県・群馬県から金精峠を越えて日光中禅寺方面を旅する。この時の旅が紀行文「みなかみ紀行」「金精峠より野州路へ」となった。旅行中の作に「おもはぬに村ありて名のやさしかる小雨の里といふにぞありける」等。

大正一二年（一九二三）三八歳

一月十六日から二月五日まで伊豆土肥温泉に滞在。滞在中の歌に「ひとをおもふ心やうやくけはしきに降り狂ふ雪をよしと眺めつ」等。五月、第十四歌集『山櫻の歌』を新潮社から刊行。八月、家族と共に西伊豆海岸の西浦村古宇に滞在。家族が帰ったあとも一人滞在していたが、九月一日、関東大震災に遭う。翌二日、帰宅。十月、御殿場・須走から籠坂峠を越え、河口湖畔、精進湖畔、甲府、小淵沢、八ヶ岳山麓の高原を経て松原湖畔に落ち着く。ついで千曲川上流地方に遊び、十文字峠を越えて秩父方面を巡る。旅行中の歌に、「野のなかのこのひとつ家《や》に宿乞ふとわが立ち寄れば霧ぞなびける」等。

大正一三年（一九二四）三九歳

元日から約一か月、土肥温泉に滞在。三月、長男・旅人を伴って旅に出る。名古屋・大阪・神戸・厳島・山口と回り、九州に入る。八幡・戸畑から長崎・大牟田・熊本県人吉・宮崎などを経て三月二十七日に故郷・坪谷に帰り着く。十一年振りの帰郷。四月十六日、母を伴って離郷し、四月二十三日に沼津に帰る。帰省の折の作に「山川のすがた静けきふるさとに帰り来てわが労《つか》れたるかも」「故郷に帰り来りて先づ聞くはかの城山の時告ぐる鐘」等。五月、母と長女・岬、次女・真木子を連れて伊豆の長岡・船原・吉奈の温泉に遊ぶ。母は沼津に約一カ月滞在の後、坪谷に帰った。七月、紀行文集『みなかみ紀行』をマウンテン書房から刊行。八月、上香貫から千本松（沼津市本字松下七反田九〇八番地の一）に転居。十二月、付近の家（七反田九一一の二）に転居。
この年、千本松原を「松原の此処は小松のほそき幹はるけくつづきつづくはてなく」等と詠む。

大正一四年（一九二五）四〇歳
二月、改造社から随筆集『樹木とその葉』刊行。十月五日、新居（沼津市本字南側六一番地の二、現在は本字西松下八五八番地の一）に入る。
この年の作に「空屋《あきや》めく古きがなかにすわりたる母と逢ひにけりみじかき夢に」「鮎焼きて母はおはしきゆめみての後《のち》もうしろでありありと見ゆ」等。

大正一五年・昭和元年（一九二六）四一歳
五月、詩歌総合雑誌『詩歌時代』創刊。反響は大きかったものの、欠損も生じたため、『詩歌時代』は十月号限りで廃刊。八月、静岡県当局が進めようとしていた千本松原伐採処分問題に対して、沼津市で反対運動が起こる。牧水も「沼津日日新聞」及び東京の新聞に「沼津千本松原」という文章を寄せて千本松原の真価を訴える。九月、沼津市の劇場国技館で「千本松原伐採反対市民大会」が開かれ、牧水も熱弁を振るう。強い反対運動のため、松原処分の話は立ち消えとなった。九月から十二月まで、喜志子を伴って『詩歌時代』欠損を補うため北海道・青森・福島方面の各地をまわり、揮毫会を行う。
この年の作に「鉄瓶を二つ炉に置き心やすしひとつお茶の湯ひとつ燗の湯」等。

昭和二年（一九二七）四二歳
五月から七月にかけて、喜志子同伴で朝鮮への揮毫旅行。旅行中の作に「この国の山低うして四方《よも》の空はるかなりけり鵲《かささぎ》の啼く」等。下関まで戻って来るが、さらにまた大分・延岡などで揮毫会。延岡から貸し切り自動車で坪谷に帰り、老母を見舞い、父の墓参。神戸に立ち寄った後、帰宅。九月、伊豆船原温泉に約二週間滞在して湯治。
この年、「ふるさとの日向《ひうが》の山の荒渓《あらたに》の流清うして鮎多く棲《す》みき」等、「鮎つりの思ひ出」連作を詠む。

昭和三年（一九二八）四三歳

三月、箱根・小田原・湯ヶ島・熱海・伊東・下河津湯ヶ島温泉などを巡る。九月上旬から病臥。同月十七日朝七時五十八分、自宅にて永眠。

この年の作に「酒ほしさまぎらはすとて庭に出でつ庭草をぬくこの庭草を」「芹の葉の茂みがうへに登りゐてこれの小蟹はものたべてをり」等。

＊本年譜作成については、増進会出版社版『若山牧水全集』補巻所収年譜と大悟法利雄・著『若山牧水伝』所収年譜を参照した。

〔若山家・家系図〕

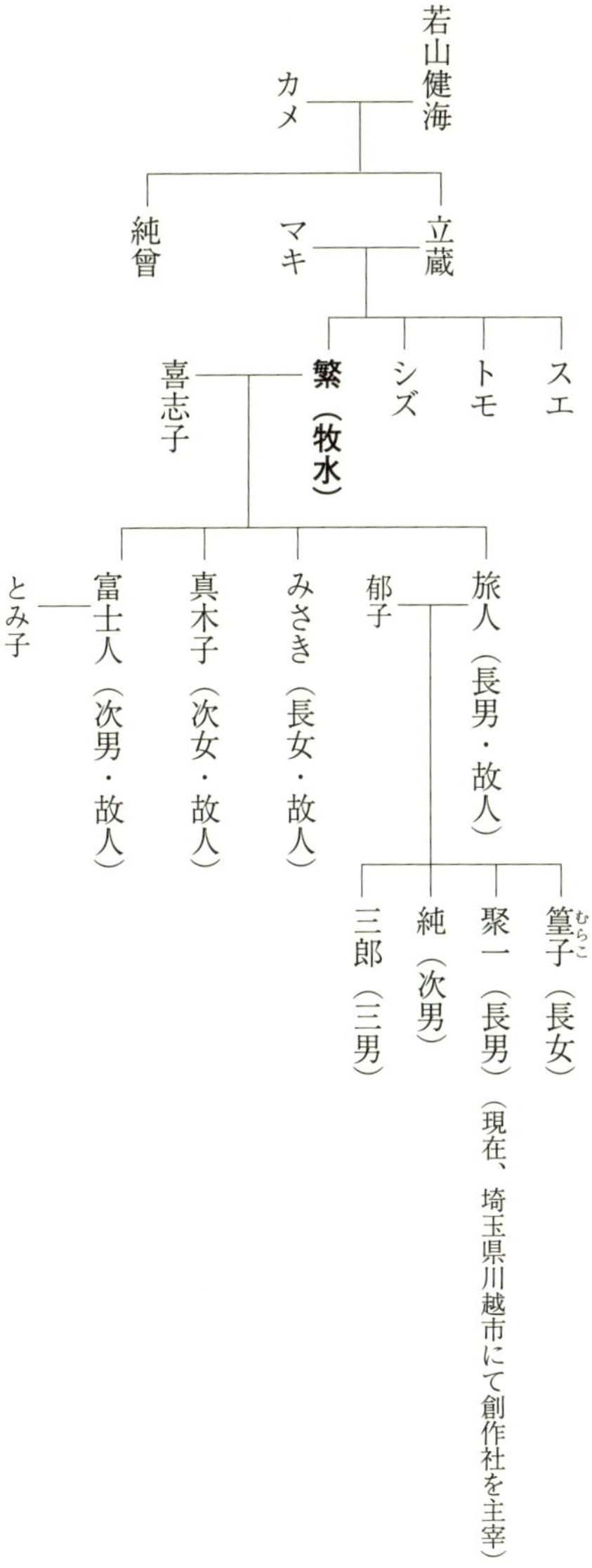

あとがき

若山牧水についてまとまった書きものをするなどとは、少なくとも八年前までは考えたこともなかった。高校時代に愛読したものの、以後なんとなく忘れてしまっていたからである。しかし、七年前、当時宮崎県日向市の日向《ひゅうが》市史編纂《へんさん》室長だった黒木豊氏や畏友・江口司氏から牧水のことをぜひまとめてみよ、と勧められて久しぶりに心が動いた。牧水の歌を読んでみて、「白鳥《しらとり》は哀《かな》しからずや空の青海のあをにも染まずただよふ」「けふもまたこころの鉦《かね》をうち鳴《なら》しうち鳴しつつあくがれて行く」「幾山河越えさり行かば寂しさの終《は》てなむ国ぞ今日も旅ゆく」といった世に知られる作品からは若い頃読んだ時の気分が甦ってきて、胸の内に血が沸き立つ思いがした。だが、それだけでなかった。

飲む湯にも焚火のけむり匂ひたる山家の冬の夕餉なりけり
湯を揉むとうたへる唄は病人《やまうど》がいのちをかけしひとすぢの唄
先生のあたまの禿もたふとけれ此処《ここ》に死なむと教ふるならめ
おとなりの寅おぢやんに物申す長く長く生きてお酒のみませうよ
夜為事《よしごと》のあとを労《つか》れて飲む酒のつくづくうまし眠りつつ飲む

こうした歌は、みな、青春の熱気が過ぎ去った後の作であるが、地に足がついているというか、自然体であり、じんわりと心にしみ込んでくる。えらく近しく思えてくるのだった。それでは、牧水はふるさと日向や延岡でどのような時を過ごして人間形成をし、世の中へ出たのだったろうか。詳しく辿ってみたいものだ、と、そんな興味が湧いて来て、黒木氏や江口氏の勧めに積極的に応じる気持ちになり、牧水の作品や郷土資料を読みあさったり現地へ度々出向いて調査したりすることとなった。その結果できたのが『山里に生きる・川里に暮らす〔東郷町民俗誌〕』の中のレポート「牧水とふるさと」である。本書の中の第二章から第八章及び年譜はこれがもとになっている。さらに、ありがたいもので牧水についてまとめる日々を送っているとまた声がかかって来る。それで折りに触れて新聞に執筆させてもらった。「はじめに」と第一章にはそれらを配した。おまけに、牧水の作品に接していると無性に現地へ旅してみたくなる。第九章は、旅先でのできごとや印象を忘れないでおくためにあえて書き下ろした。

全体に、牧水の歌はなるべく多く引用・紹介したつもりである。エッセイや日記等についても同様で、牧水の歌や文の味わいに直に接してもらいたかった。

はじめに勧めてくれた黒木豊氏・江口司氏、新聞社の方たち、これを出版してくれる弦書房の小野静男氏、そして取材・調査に協力してくださった色んな方々、特に坪谷の郷土史家・矢野宝蔵氏に改めて心からお礼申し上げる。ただ、江口司氏は平成二十年に不慮の事故により世を去っている。矢野氏も平成二十五年十二月に亡くなられた。この二人に本書を見てもらえないのが残念である。それから、実を言うと牧水をまとめはじめた頃は大病を患った後のまだ半病人であった。今でも病気と縁が切れたわけではないものの、あの頃と比べれば元気に日々を過ごせているので、支えてくれる家族にも感謝しなくてはならない。

思えば、たくさんの人たちの後押しがあるから書きものもできるのだなあ、と痛感する。本書の中身がそれに報いることができているか、はなはだ心許ないが、やれるだけのことはやった。そう自分に言い聞かせている。

平成二十六年八月二十四日・牧水生誕の日に記す

前山光則

初出一覧

はじめに　「熊日新聞」平成十九年七月八日掲載の「牧水は面白い」を改稿

第一章　「西日本新聞」平成二十三年五月二十三日～五月二十七日連載の「若山牧水と風土」を改稿

第二章～第八章、略年譜　平成二十三年二月二十八日、日向市刊『山里に生きる・川里に暮らす（東郷町民俗誌）』を改稿

第九章　牧水への旅　書き下ろし

引用・参考文献一覧

一　引用文献

『若山牧水全集』全十三巻・補巻一　平成四年～平成五年、増進会出版社
伊藤一彦編『若山牧水歌集』平成一六年、岩波書店（文庫）
大悟法利雄『若山牧水新研究』昭和五三年、短歌新聞社
大悟法利雄『若山牧水伝』昭和六〇年、短歌新聞社
高田宏『われ山に帰る』平成二年、岩波書店
塩月眞『牧水の風景』平成九年、延岡東郷町人会
『芥川龍之介全集』第八巻収載年譜　昭和三三年、筑摩書房
都甲鶴男『坪谷川風景』昭和六二年、私家版
泉房子『民具再見』昭和五五年、鉱脈社
東郷町編『東郷町史別編（郷土事典）』平成一一年、東郷町
『山頭火全集』第七巻　昭和六二年、春陽堂
上田治史『若山牧水』昭和六〇年、英文堂書店
田村志津枝『若山牧水　さびしかなし』平成一五年、晶文社
太宰治『津軽』昭和二十六年、新潮社（文庫）
伊藤一彦『牧水かるた百首鑑賞・命の砕片』平成一三年、宮崎県東郷町牧水顕彰会発行、鉱脈社発売
石井みさき『父・若山牧水』昭和四九年、五月書房
高森文夫『高森文夫詩集』平成一七年、本多企画
小野葉桜『悲しき矛盾』平成一四年、鉱脈社
黒木伝松『野鍛冶』昭和二九年、日本談義社
黒木伝松『野鍛冶以後』昭和四四年、黒木伝松遺歌集刊行会

二　参考文献

長嶺宏『若山牧水』昭和三一年、日向文庫刊行会
松原新一『さすらいびとの思想――人としてどう生きるか』昭和四八年、学習研究社
大岡信『今日も旅行く・若山牧水紀行』昭和四九年、平凡社
大悟法利雄『若山牧水新研究』昭和五三年、短歌新聞社
黒木重太郎『村の風土記』昭和五六年、私家版
市山幸作『牧水の恩師・教育家日吉昇先生』昭和六一年、私家版
上杉有『牧水・朝鮮五十七日間の旅』平成一一年、アイオ

ーエム
東郷町編『東郷町史通史編』平成一一年、東郷町
伊藤一彦『あくがれゆく牧水・青春と故郷の歌』平成一三年、鉱脈社
嵐山光三郎『文人暴食』平成一四年、マガジンハウス
宮田道一『草軽・のどかな日々』平成一五年、ネコ・パブリッシング
若山旅人『明日にひと筆』平成一七年、東郷町・東郷町教育委員会
榎本尚美・榎本篁子『若山牧水歌碑インデックス〔改訂版〕』平成一七年、私家版
塩月儀市『牧水の生涯』昭和六〇年、鉱脈社
南邦和『百済王はどこから来たか』平成一八年、鉱脈社
飯田辰彦『美しき村へ』平成一九年、淡交社
伊藤一彦『牧水の心を旅する』平成二〇年、角川学芸出版
乳井昌史『南へと、あくがれる――名作とゆく山河』平成二二年、弦書房
若山牧水書簡集『「僕の日記である。」生涯の友、平賀春郊への二六四通』平成二二年、日向市・若山牧水記念文学館
雑誌『短歌』八月号「特集牧水の巡った町」平成一七年、角川書店
雑誌『牧水研究』平成一八年～、鉱脈社
東郷町編『写真で綴る東郷町わたしのふるさと』平成一八年、東郷町

牧水短歌索引（数字は本文掲載頁を示す）

あ行

か行

さ行

た行

な行

は行

ま行

や行

わ行

〈著者略歴〉

前山光則（まえやま・みつのり）

一九四七年、熊本県人吉市生まれ。

一九七二年、法政大学第二文学部日本文学科卒。

元高校教師。現在、熊本県八代市在住。

著書『この指に止まれ』、『球磨川物語』『山里の酒』（以上、葦書房）、『山頭火を読む』（海鳥社）。

共著に『九州の峠』（葦書房）、『山里に生きる・川里に暮らす―東郷町民俗誌』（宮崎県日向市）、『球磨焼酎―本格焼酎の源流から』『昭和の貌―《あの頃》を撮る』（以上、弦書房）、編著に『淵上毛銭詩集』『古川嘉一詩集』（以上、石風社）など。

若山牧水《わかやまぼくすい》への旅《たび》
――ふるさとの鐘《かね》

二〇一四年九月二十日発行

著　者　前山光則《まえやまみつのり》
発行者　小野静男
発行所　株式会社 弦書房
（〒810-0041）
福岡市中央区大名二-二-四三
ELK大名ビル三〇一
電　話　〇九二・七二六・九八八五
FAX　〇九二・七二六・九八八六

印刷・製本　シナノ書籍印刷株式会社

ISBN978-4-86329-105-8 C0095

三島由紀夫と橋川文三【新装版】

宮嶋繁明　橋川は「戦前」の自己を「罪」とみなし、三島は「戦後」の人生を「罪」と処断した。ふたりの作家は戦後をどのように生きねばならなかったのか。二人の思想と文学を読み解き、生き方の同質性をあぶり出す力作評論。〈四六判・２９０頁〉**２２００円**

丸山豊の声　輝く泥土の国から

松原新一編著　医師にして詩人。星雲のような人・丸山豊。その声に耳を傾け、伝えようとしたこと、目ざしたものは何だったのかを語り合う。谷川雁、森崎和江、川崎洋らを世に送り出した詩人の思想と行動の軌跡。魅力の原点に迫る。〈Ａ５判・１７２頁〉**１９００円**

伊藤野枝と代《だい》準《じゅん》介《すけ》

矢野寛治　新資料「牟田乃落穂」から甦る伊藤野枝と育ての親・代準介の実像。同時代を生きた大杉栄、辻潤、頭山満らの素顔にも迫る。大杉栄、伊藤野枝研究者必読の書。〈Ａ５判・２５０頁〉**【２刷】２１００円**

長編詩　血ん穴〈新装版〉

古賀忠昭　70年代にその旺盛な創作活動が注目されながら、詩作を巡るある事情から筆を折った詩人。30年の沈黙を破り、死者としての意志をもって書かれた詩集が、没後１年を機に稲川方人・山本源太両氏の解説を付した新装版で復刊。〈四六判・１０４頁〉**１６００円**

【第35回熊日出版文化賞】

昭和の貌《あの頃》を撮る

麦島勝【写真】／前山光則【文】　「あの頃」の記憶を記録した335点の写真は語る。戦後復興期から高度経済成長期の中で、確かにあったあの顔、あの風景、あの心。昭和二〇〜三〇年代を活写した写真群の中に平成が失った〈何か〉がある。〈Ａ５判・２８０頁〉**２２００円**

＊表示価格は税別